沒有兇手的

沒有兇手的兇殺案——Contents

楔子

暗黑的夜裡，萬物沉入夢鄉，天上、天下處於一片靜謐中。
突然，一聲鑽人心肺、驚恐至極、長長的嗥聲，劃破夜空，直衝天上……

第一章

民國八十八年四月九日，星期日上午，十點多。

刑警大隊偵三隊小組長——歐陽鳳，和她的助手康少勤探員，與分局副局長梁格會合後，梁格簡單談起報案內容：

報案者陳芳芳小姐，今年三十歲。死者男性，三十四歲，暴斃在家中。

康少勤聽了，插口道：

「是病死吧？」

梁格搖著頭，說道：

「若是病死，就不必麻煩兩位了。據家屬說，死者並沒有病史。當然，詳情還要去了解。現在就等地檢署法醫了。」

根據刑事訴訟法第二一八條，有民眾非因病死或老化、自然死亡，除了報請地方警察局，還要向有關地方檢察機關，會同法醫檢驗員調查死因，提供意見交由檢查官確定死因，看有無涉及刑事犯罪。

不久，楊法醫提著黑色公事包，和他的助手匆匆的趕來。

於是，一行五個人一同到報案的民宅。

這間位於公寓二樓，大約三十坪左右，格局是一廳兩房，廚衛浴俱備，典型的、很普通的民宅。

梁格當先跨入敞開的客廳，一位年約三十歲左右的女人，由沙發起身，迎上前，聲淚俱下的：

「我、我……嗚嗚——」

歐陽鳳上前一步，拍著女人肩胛：「請節哀。」

說著，歐陽鳳閃著一雙犀利眼神，環視著周遭……女人點頭，勉強停止哭泣，淚還是繼續流下來。梁格問：

「陳芳芳小姐，是妳報案？死者是妳的……」

「哥哥。」

說著，陳芳芳伸手，指著其中一間房間，梁格等五個人，一起走進房間內。

楊法醫打開黑色公事包，拿出口罩、手套，一一戴上，以他一貫專業態度展開詳細檢查。

他的助手，拿著工具、筆、記事本在一旁協助。

梁格和歐陽鳳、康少勤則仔細檢查房內。

偌大的斗室裡，陳設簡單，窗前一張書桌，旁邊一張床，床邊一只小茶几，靠牆有衣櫥、一只五斗櫃。

一名男性呈大字形，仰躺在床上，床邊小茶几上，有一封信、一把水果刀，刀上有轉成暗黑色血跡。

歐陽鳳走近床邊，仔細盯著死者。

死者睜著一雙眼，雙目突出，嘴巴大張，臉孔猙獰，一副驚恐的表情。

此外，房內所有的陳設，包括門、窗，全都沒受到任何破壞。

康少勤根據歐陽鳳所指示的，一一記錄在本子裡，並由各個角度，拍了幾張照片。

然後，梁格和歐陽鳳、康少勤等三人，退出房外，仔細檢查整層樓。

接著，梁格對陳芳芳，展開一般性的訊問，康少勤一面聽，一面迅速的記錄著。

以下是陳芳芳的詳敘……

死者是她哥哥，陳義銘，今年三十四歲，未婚。

這間房子，是父母留下的遺產，只住了他兄妹兩人。兩兄妹各有工作，大部分都各忙各的，即使遇到假日，也都各找各的休閒娛樂與朋友。偶而會一起吃飯，但機會不多。

陳芳芳說，她前天，也就是週四（四月六日），跟朋友去東部旅遊三天，直到週六下午（四月八日）才回來。

今天（週日）一大早，她去敲哥哥的房門，哥哥沒應聲，她才開門進去，卻發現哥哥暴斃在床上，連忙打電話報警。

芳芳說罷，抬手抹淚。歐陽鳳看著她好一會兒，才問：

「請問芳芳小姐，妳昨天下午回到家時，幾點了？」

「嗯……大約兩點多。」

「所以，妳回家時，沒有跟哥哥聯絡？」

芳芳點頭：「平常，我們都各忙各的。又是假日，我以為哥哥去找朋友，不在家。」

歐陽鳳頷首。

這時，楊法醫和助手走出房外，根據初步檢查如下：

死者陳義銘，今年三十四歲，外傷：頸脖上數道刀傷，但是只有皮肉傷，雖然有流血，卻不是致死原因。

房內並未遭受破壞，已排除外力致死。

依其死狀看來，顯然是受到過度驚嚇，突發性心臟病，至於真正的致死原因，還有待釐清。

死者身上出現屍斑，大約已過了四十六個小時，往回推算死亡時間，應該是在週五晚上，十一、二點左右。

接著，楊法醫小心拿起床邊小茶几上的信、水果刀，放入塑膠袋內。

例行問完話、檢查罷，梁格等一行人離開了。

警察局的會議室裡，副局長梁格向坐在上首的王局長，仔細報告今天的案情內容。

最後，梁格做出結論：

目前初勘，這名死者是心臟病致死，並無外界力量造成致死原因。

聽完，王局長轉向歐陽鳳、康少勤，說道：

「請問兩位的看法呢？」

康少勤點點頭，說：

「我覺得，梁副局長說的對。」

王局長轉向歐陽鳳，歐陽鳳保守的說：

「目前，我個人沒有什麼看法。康先生採取現場幾枚指紋，回去後，送交刑事局鑑識中心比對後再說。」

辦案的首一要件，就是不能先有個人成見，這點王局長認同歐陽鳳的說法。他頷首，說：「那就先這樣，各位辛苦了。散會！」

離開警局，康少勤不解的問歐陽鳳：

「妳不認同梁副局長的看法？」

「你不覺得，現在說什麼都太早了？」

「可是，妳也看到，現場完全沒受到任何外力破壞……」

歐陽鳳淡然一笑，無語。

康少勤臉上一副不以為然狀，不過歐陽鳳是上司，他只是助手，無話可說。

◆

黑夜，很快又降臨人間。

不管人間發生任何事，時光總是依照既定的時序，往前推進。

陳芳芳用完晚餐，回到家時，已經九點多了。

用餐時，她心情還好，一踏入家門，心情立刻一百八十度大轉變。

倒了杯溫開水，她落座在沙發，一面低啜，一面不自覺的流下兩行淚水，時而，她會投眼，看一下哥哥房門口……

畢竟，家中發生親人喪命，任誰都會很傷心的呀！

放下空杯，她抹掉兩行淚水，慢吞吞起身，進入盥洗室。平常，半個小時可以洗完澡，她今天特別慢，洗完出來時，已將近十一點。

略為收拾一下，芳芳進入自己房間，關上房門，但是躺在床上，她卻輾轉難眠。

不知道過了多久，好不容易闔上眼，迷迷糊糊正要入睡時，忽然，耳際傳來一聲輕微的哀嘆氣息。

氣息雖輕，但卻異常清晰，而且，一股陰寒驀地襲向芳芳……

打了個冷顫，芳芳睜開眼，看一眼房內，心想：我太敏感了吧？

四月十日，正是農曆三月中旬，雖然天氣乍暖還寒，可是在屋內，不該這麼冷。

翻個身，芳芳拉緊棉被，閉上眼，就在這時，傳來一股似乎被悶住了的含糊不清、低沉聲音：

唔……痛……不、不見了！我痛、痛……死……了。

倏然間，芳芳汗毛倒豎，她凝神細聽，隨著聲音，她不知不覺翻身下床，輕輕打開已經鎖緊了的房門，徐徐走出去。

客廳黑忽幽暗，窗外透進來微微些許亮光，芳芳勉強可以看到，整個客廳的輪廓，跟以前一樣不變。

過了一會，微細的低吟聲又傳入芳芳耳際，她循聲扭頭，發現了。

聲音從另一邊，亦即是陳義銘的房間傳出來。

芳芳踏出一步，意欲往前，驀然縮回腳。

她乍然意識到：哥哥已經去世了，房內哪會有人？

整層屋內，就只有她一個人呀！

正在猶豫間，模糊聲音又響：

痛、痛死……我……呀——

這麼清楚、這麼明確，房內分明就是有人呀！

剎那間，芳芳思緒分兩路：

一、有小偷闖入家裡。

二、趕快回自己房內。

為了安全，應該、最好是確認一下吧！

念頭這麼一轉，芳芳當下放輕腳步，躡手躡腳，往陳義銘房間而去。

輕微的喊痛聲音，時有時無的持續著，只是，這聲音好像燜在棉被裡似的，含糊不清，芳芳更加確定了——有人，真的是小偷！

芳芳伸手，打開房間門的手，竟不自覺的顫抖不已。

不敢開太大，芳芳單眼貼上門縫，看到……

房內很暗，一團黑影立在床邊，低俯向著床，還張著大大的嘴。

正在這時，又傳出低微的喊痛聲，但是聲音卻對不上這黑影的大嘴。

芳芳仔細辨認，發現聲音傳自床上！

她轉望向床，可惜因為角度關係，完全看不到床上是不是另有其他人。

芳芳手心都冒汗了，她推著門，想看清楚床上，不料，門卻發出一聲「咯吱！」。

床邊的黑影倏然轉頭，望過來。

芳芳眼睛對上了黑影，黑影完全沒有五官、只有該是眼睛的部分，閃出兩道幽幽的綠光……

「啊——呀——喔……」

芳芳聲音卡在喉嚨內，所幸她動作還算敏捷，慌措的拉上房門，房門發出的「碰」一響，雖然不大聲，卻足以讓她心膽俱裂。

逃回自己房內，鎖緊房門，芳芳鑽進棉被裡，緊緊蓋住，顫抖得連床鋪都在搖晃。

次日，芳芳踏出房門，一面打呵欠、一面往餐廳走，喝口水後，轉向客廳，無意中，腳底一滑，她低頭望去……

嚇！一灘水！

芳芳仔細巡視，發現水漬由哥哥房門口綿延出來，蔓延到客廳大門！

雖然是大白天，一股寒氣打從芳芳背脊竄上來，她慌忙轉入房內，換好外出服，逃也似的出門而去。

陳義銘的死亡報告出爐了，確定是死於「心臟痳痺」。

望著桌上公文，編號ＨＢ２００１３５的公文。歐陽鳳仔細的看著。

根據鑑識組的化驗，水果刀上，只有死者的指紋，血液化驗，跟死者符合。死者血液並無安眠藥、或其他藥物成分。另外那封信上，也只有死者的指紋。

還有，康少勤在現場採集的幾枚指紋，也都與死者的相符。

看完報告，歐陽鳳立刻撥電話給楊法醫：

「請問，編號HB200135案件，死者有心臟病嗎？」

「那天檢查死者住處，並未遭到破壞，又沒有任何足以致死的內在、外在因素。籠統的說，死者死因是『心臟麻痺』；確切的說，死者的致死原因不明，所以，只好開具這樣的死亡證明。」

喔？歐陽鳳掛斷話線，請康少勤知會死者家屬。

康少勤拿著話機，響了很久，卻沒人接聽，他只得掛斷。

歐陽鳳轉頭望過來，康少勤淡然看她，雙肩一聳：

「沒人在家。」

轉望桌上的信，歐陽鳳露出深思表情，接著她翻開記事本，一面看，一面蹙緊眉頭，想道：法醫和芳芳的說詞一致，死者沒有任何疾病，這點倒相吻合。

康少勤輕敲著桌上公文，口氣有點得意：「我的看法跟梁副局長一樣，是心臟的問題。呵呵，果然沒錯，『心臟麻痺』結案嘍。」

歐陽鳳沉吟著。

「看到現場時，我就想，若不是自殺，就是自然病死。」康少勤接口說。

「嗯？你怎麼看出來的？」

康少勤得意得笑了：「唉唷，一看就知道，果然嘛，水果刀上的血液、指紋都是死者的，就連妳讓我採集的指紋，也是死者的。」

歐陽鳳低聲的話語，好像是說給自己聽似的：「你不覺得奇怪？芳芳說她週六下午兩點多就回家，為什麼直到週日早上才報案？」

「呵呵，組長沒聽她說？她跟死者各忙各的？」

「我總覺得哪裡怪怪的。」

法醫說檢查不出死因，但是一個好端端的人，突然就暴斃了？

康少勤口氣帶著揶揄：「組長，妳就別浪費心力了。」

歐陽鳳不悅的盯他一眼，說：「你以前都這樣？漫不經心地？」

「不然呢？如果像組長這樣，一件小小的自殺、病死案件，都要費許多心思，」康少勤斜轉著大眼：「恐怕我會未老先衰喔。」

「所以，這就是你為什麼一直無法調升的原因。」

康少勤驀地變臉，雖然是上司，可是歐陽鳳比他小個幾歲，資歷也比他輕，難怪他生氣了，指著桌上公文，揚聲道：「妳說話一定要這麼毒嗎？看看，都已經結案了，妳這是沒事找事喔！」

歐陽鳳沒看他，逕自看著桌上的信，口氣依然如常般：「我是為你設想。今天我才剛來，照說應該是你的下屬，你卻屈居我的助手，我都覺得慚愧。」

張大口，康少勤深吸口氣：「嘿嘿，妳也知道慚愧，才上任不到三個月，也想教訓我？」

「我哪敢。」

「看妳的態度；聽妳說的話，哪不敢？哼！想教訓我，妳還早呢！」

說完，康少勤氣呼呼的起身，踏出辦公室。

歐陽鳳無言的輕輕搖頭。眼光落回桌上的信，信上署名：蔡佳珍收。

那天，為了保持現場場不受破壞，歐陽鳳沒讓芳芳碰信件，也沒問她關於信件的事。

蔡佳珍？是誰？跟死者甚麼關係？

抓起電話，歐陽鳳再次撥打到陳芳芳家中。還是沒人接聽。

拿起信，歐陽鳳裝進她的公事包，起身出門。

◆

夜色掛下來，過了晚餐時間，直到快十點了，芳芳終於出現，她掏出鑰匙，打開公寓一樓鐵門時，歐陽鳳迎上前。

看到歐陽鳳，芳芳明顯的嚇一大跳，張大口，一手撫住胸口。

「妳……抱歉，組長，讓妳久等了。」

「還好。」歐陽鳳笑笑，輕淡的說，揚著手中公文。

進入屋內，芳芳倒了兩杯溫開水，也落座到客廳沙發上。

這期間，歐陽鳳不斷的打量著芳芳的言行、神態。

「喏！這是妳哥哥的死亡報告。」

芳芳接過來，一面看，一面掉下淚。歐陽鳳始終冷犀的觀察著她。

等她放下公文，歐陽鳳揚著手中信件，開口問：

「這封信，是妳哥哥要給蔡佳珍的。蔡佳珍是誰？」

芳芳略顯訝異：「給蔡佳珍？」

歐陽鳳點點頭，問蔡佳珍的來歷。

「她是我哥哥的未婚妻。我不太清楚他們之間怎麼了。據我所知，我哥哥跟她認識不到一個月，就宣布訂婚，可到現在，都過了三個多月，也沒聽我哥哥說，婚期訂在何時。」

「那，他們兩感情不好嗎？」

「哦，這我不清楚。」

歐陽鳳點點頭，向芳芳要了蔡佳珍地址，抄錄在記事本內，收妥後，呷了口茶：

「妳今天很晚回來，是有事嗎？」

芳芳明顯地猶豫了一會，才開口：「嗯，下班後，我到殯儀館一趟，用過晚飯才回來。」

「哪家殯儀館？」

歐陽鳳迅速記下來，芳芳皺起眉頭，突兀的問道：

「請問，您相信，亡者歸來的傳說嗎？」

「這個……見仁見智吧。」歐陽鳳清澈大眼望著芳芳，接口問：「怎麼了？」

「沒、沒有。」芳芳垂下眼眸：「我聽說，通常人死後，七七四十九天之內，都會回家來。」

「我不知道。不過，如果亡者死的不甘心……」歐陽鳳聳聳肩，故意說道。

芳芳一臉惘然，看得出來她有心事。歐陽鳳還是想證實地問道：

「對了，想請問妳，妳哥哥生前，身體上有什麼毛病嗎？」

「沒有。」

「心臟方面呢？」

「是有一點……其實也不是什麼大毛病。平常都好好的。」

歐陽鳳聽了，心中打了個大問號，可是口吻仍然輕鬆地問道：

「有一點什麼？」

「嗯，有時候，他胸口會燜、痛，有一次，他說心絞痛，全身無力，可是過了一會，又沒事了。」

「那，他去看過醫生嗎？」

「我有叫他去檢查，但他有沒有去，我就不知道了。」

頓了頓，歐陽鳳輕聲問：

「對於妳哥哥的死，妳有什麼看法？例如，他會不會是被害死的？」

芳芳想了好一會，搖頭：

「不知道，我現在很亂，我……」話說一半，她掩面而泣。

看她這樣傷心，似乎不是假裝的，歐陽鳳又說：

「誰都不願遇到這種事，請節哀。」

「謝謝。」抹掉淚，芳芳點頭。

歐陽鳳起身，說：

「如果妳有想到什麼，可以直接撥電話給我。」

芳芳跟著歐陽鳳走向大門，驀地，她想起那天清晨，綿延到大門的一灘灘水漬，她張口，旋即又想到，她——歐陽鳳絕對不會相信這種事的！

於是，芳芳閉上嘴，送走歐陽鳳，她立刻鎖緊大門。

「喔！這樣啊？謝謝。」

歐陽鳳放下電話，一雙大眼，射出銳利光芒，跌入深深的沉思中。

「嘿，我準備好了，可以出發了。」

康少勤的話聲喚醒歐陽鳳，她站起來，抓起公事包，率先往外走。

康少勤一面走，一面嘀嘀咕咕：

「幹嘛把時間都浪費在這起無關緊要的小事上呀？」

歐陽鳳突然停住腳，轉回身，俏臉上凝著霜：

「一條生命還算是小事嗎？那請問你，甚麼才算是大事？」

康少勤閉緊嘴巴，不吭聲。

歐陽鳳接口說：

「我剛打電話給殯儀館求證，他們說，昨天陳芳芳小姐沒有去，可是，她明明告訴我，說她昨天下班後去殯儀館，你看，這不是有問題嗎？」

「喔？」

歐陽鳳一面走，一面說，康少勤聽的臉色漸漸凝重。

「看得出來，她心事重重；還有，她似乎很害怕，說什麼，亡者在七七四十九天之內會回家；而且問到死者有沒有病，她也語焉不詳。由這幾點看來，她的疑點很多。」

「呀？有這種事？」

「如果她是外人，也許這些情況可以說得通，可她是妹妹耶！」

「嗯，有道理。」康少勤歪著頭，接口說：「一般說來，自己的親人亡故了，傷心都來不及了，是不該會害怕。」

一個鐘頭後，兩人站在一幢民宅前。歐陽鳳對照著地址，確定了，沒錯，她按下門鈴！

這幢透天三層民宅，看來很氣派，屋前有座庭院，庭院種植了許多花卉，整幢民宅美輪美奐。

一位跟芳芳差不多年紀的女人，身材婀娜多姿，她開門出來，走到低矮小圍牆前：「找誰？」

「蔡佳珍小姐住這裡嗎？」

「我就是蔡佳珍。兩位是？」蔡佳珍用狐疑的眼光盯著他們。

歐陽鳳遞出名片，說：

「蔡小姐方便嗎？可以請問妳幾個問題？」

看到名片上的頭銜，蔡佳珍沒有退讓之意，滿臉不解地：

「我犯什麼法了？」

歐陽鳳淡笑，搖頭說：

「不。妳認識陳義銘嗎？」

蔡佳珍輕率的點頭，臉容隨即一冷：

「他跟我已經沒有任何關係了，抱歉，我恐怕無能為力！」

「他死了。」

「啊？真的嗎？他……怎麼會這樣？」

「方便請問妳幾個問題嗎？」

蔡佳珍攏緊雙眉，打開圍牆小門，兩人跟著進屋內，歐陽鳳一面走，一面職業性的打量著屋子。

蔡佳珍泡了兩杯茶出來，自己也落座到沙發上。

歐陽鳳習慣性地掏出筆、記事本，開口問：

「請問，妳認識陳義銘多久了？」

「現在是怎樣？他死了，我有嫌疑？是嗎？」蔡佳珍戴著假睫毛的雙眼，朝上一翻。

「不，不，蔡小姐不要誤會，只是例行的請問幾個問題。」

蔡佳珍正待開口，忽然，一個年約六、七十左右的禿頭老人，從樓梯走下來，突兀的揚聲問：

「誰死了？」

「請問您是？」歐陽鳳看到老人，起身遞出名片，問。

老者走近沙發，自顧落座，看著名片：

「喔！刑大隊偵三隊組長——歐陽鳳大人啊！請坐，請坐。我姓蔡。」

蔡老先生話說一半，蔡佳珍截口，說：

「爸！你上去啦！不要管我的事！」

蔡老先生有點不悅地看女兒，才轉向歐陽鳳兩位。

◆

歐陽鳳銳利眼光，不斷在蔡老先生和蔡佳珍之間巡視著。

蔡老先生落座後，望著歐陽鳳、康少勤：

「請問兩位來有什麼事？剛才我好像聽到誰死了？」

「嗯，陳義銘。蔡老先生認識他吧？」歐陽鳳道。

「啊！」

蔡老先生露出相當驚訝的表情，緊接著轉成不屑，繼而是幸災樂禍。

「老先生對這個人，有什麼看法？」

「哼！什麼看法？爛！爛透了！」說著，老先生還比個往下手勢，可見他恨透了死者。

康少勤無端瞪大眼。

歐陽鳳則冷靜的看了一眼蔡佳珍，只見她沒什麼表情，心想：難道對死者，她也一樣的看法？可她是他未婚妻哩。

「請問，他發生了什麼事？」蔡佳珍問。

看得出來，雖然她嘴上說她跟死者沒有任何關係，可是心裡還是很在意死者。

一旁的老先生斜瞪一眼女兒，臉上很不悅。

「咦？你們都不知道嗎？」康少勤不免怪問：「陳芳芳小姐沒跟兩位說嗎？」

老先生搖頭，蔡佳珍垂下雙眼，面無表情。

歐陽鳳從公事包內，拿出信，遞給蔡佳珍：

「這是死者死前，留放在他床邊的小茶几上。」

蔡佳珍臉上起了微妙變化，接過信，看著信封，遲疑了好一會，突然起身，轉往樓梯，快速的奔上樓去。

她的舉動出乎在場眾人意料之外，大家都來不及阻止，只能眼睜睜的看她奔上樓。

「阿珍！阿……」老先生搖著頭，嘆了口長氣，轉向歐陽鳳：「這孩子就是這麼任性，都讓我給寵壞了，對不起。」

歐陽鳳很有同理心的點頭，說：「沒關係，我們可以理解她的心情。」

「對了，他怎麼死的？不是被殺吧？」蔡老先生接口問。

他怎會這樣問？歐陽鳳突兀的看著老先生……康少勤口快的接著說：「不，他是病死在家裡。」

「病死？什麼病？」老先生一陣訝異。

「心臟麻痺。」歐陽鳳又問道：「令嫒不是跟他訂婚了？」。

她其實對那封信很好奇，可惜，現在不適合追問信的內容。只好轉問蔡老先生了。

以下是蔡老先生的描述……

蔡佳珍自幼失去母親，因此蔡老先生對她特別寵愛，養成她個性非常任性、驕縱，到現在三十歲了，尚未有適當的對象。

三個月前，陳義銘和蔡佳珍在跨年夜認識，看到陳義銘長相英挺、斯文、言談溫和，蔡老先生很滿意，一直逼著蔡佳珍趕快訂婚，他打算要送一棟房子給女兒當嫁妝。

一個月後，兩人訂婚了，可是，老先生發現女兒似乎不快樂，他暗中觀察，發現陳義銘對女兒的態度，不是很熱切。

確切說來，是很冷淡！

愛女心切之下，老先生介入兩個年青人的感情，他不斷詢問女兒對陳義銘的感情，還常私底下召問陳義銘的真正心意。這惹惱了蔡佳珍，一直向父親抗議，請他不要管他們兩人的事。

陳義銘對蔡佳珍愈來愈冷淡、疏遠，就在一個多月前，他提出要解除婚約。蔡老先生可氣炸了，女兒沒有任何缺失，他怎麼可以這樣對待他的掌上明珠！

所以，蔡老先生恨透了陳義銘。至於陳義銘如此對待蔡佳珍的真正原因，蔡老先生始終不得其解。

辭出蔡家，歐陽鳳發現，陳義銘的死，似乎更值得探究了！

第二章

歐陽鳳一手支著頭，一手握住筆，在桌上攤開的記事本塗繪。

「組長、組長！」

忽然，一隻手用力拍著歐陽鳳的桌子，她才醒悟，轉頭看，是康少勤。

「組長，妳怎麼了？」他很少看到歐陽鳳這麼一副魂不守舍狀。

「嗯。」歐陽鳳收起桌上記事本。

「不會吧？妳……」

「我怎樣？」

歐陽鳳瞪他一眼，起身離開辦公桌，走向角落的鐵櫃，打開來。

康少勤追上去，半開玩笑、半訝異地：

「組長，難道妳還在為那起案件傷腦筋，都結案了，不是嗎？」

歐陽鳳雙肩一聳，沒有接話。拿出鐵櫃內的卷宗，整理著。

「拜託！」康少勤搖晃著頭。

原本他就很不以為然，這會更有話說了：

「我記得像這種死亡案件，已經確定非他殺，現場未遭破壞，家屬又沒意見，既已結案，整件事應該就可以告一個段落。何必再浪費精神呢？咱們的事情太多了。」

其實他也半是好意，幹他們這一行的，該忙的瑣碎事真的不勝枚舉。

歐陽鳳還是沒有出聲，可心裡並未認同康少勤的看法。

陳義銘沒有病史、沒有外力介入，竟然這樣莫名其妙的死了，好像有點怪，但哪裡怪卻又說不出來。

「我說組長，妳就不要擔無謂的心思，有空或休假時，多到郊外走走。」康少勤苦口婆心：「屬下我真的是為妳設想。」

「為我設想嗎？那請你把這些卷宗整理、整理。」

康少勤皺眉，張口欲出聲，這時電話鈴聲響起，他轉身抓起電話，喂了一聲，聽不到幾句，就轉向歐陽鳳：

「組長，找妳的。」

「誰？」

康少勤聳肩、搖頭。

「喂，刑大偵三組，歐陽鳳，你好。」

「歐陽小姐，妳好。我是劉雪兒，我……」電話裡傳來低低的哭泣聲。

「劉小姐怎麼了？」歐陽鳳心裡一緊，以為對方發生緊急事件。

「我、我……嗚嗚……」

歐陽鳳語氣急迫：

「別顧著哭，趕快說啊，到底發生了什麼事？」

康少勤轉眼，專注的望著歐陽鳳。

「陳義銘他、他……」

「陳義銘？」歐陽鳳攏住雙眉，她看了一眼牆上白板的紀錄與序號，問道：「這個月九日暴斃的陳義銘？」

「嗯……」劉雪兒還是哭泣著，說不出話。

聞言，康少勤俯得更近，只見歐陽鳳更加專注地說：

「等等，妳說妳姓劉？叫劉雪兒？妳怎麼會打電話給我？」

「我……芳芳叫我找妳。」劉雪兒抽抽噎噎地。

「妳現在在哪？」歐陽鳳點著頭，迅速說：「好，好，妳等我，我馬上到。」

歐陽鳳放下電話，同時抓起椅背上外套，轉身就要走。

「組長，妳要去哪？要不要我跟妳一起去？」

「先不必。你把卷宗整理一下，有必要時會請你幫忙。」

歐陽鳳一面倉促的走，一面說。

看著她窈窕背影，康少勤歪一下頭，無言。

這間位於市中心的小咖啡屋，可謂鬧中取靜，歐陽鳳和劉雪兒坐在最角落的僻靜桌位，面前的兩只杯子，煙霧裊裊上升著，傳出濃郁咖啡香味。

可惜，兩人都無心欣賞。

歐陽鳳細看著她——長相溫婉，年約二十五、六，她紅著雙眼，傷心地哭泣不已：

「他怎麼會死……他才三十四歲，怎麼這樣就死了？不可能啊！」

「請節哀。」

哭了好一陣，劉雪兒才漸漸收淚，一面擦淚，一面說：

「芳芳告訴我，說他死於『心臟麻痺』？」

歐陽鳳點頭，芳芳應該有告訴她檢查結果，但歐陽鳳還是簡單說起這宗案件的檢查情形。

聽了，劉雪兒搖頭，並流下一串淚，說：

「組長，他是被人害死的！他當然不可能自殺，更不應該就這麼死了啊！」

「他妹妹並無異議，也沒提起任何疑問。」歐陽鳳冷犀的切入重點。

「她？哼！他們兄妹一向各行其事，她根本不關心他，她只關心自己。」

雖然劉雪兒看來溫柔婉約，說這話時，口吻憤恨而急促。

「他們常吵架嗎？」

「沒有。我跟芳芳很少有接觸，也不常聽義銘提起她。」

「那妳知道他們兄妹有什麼心結嗎？」

劉雪兒想了想，搖頭：

「我不清楚。我只知道他們兄妹的感情很淡。」

歐陽鳳頷首，又問：

「妳說，除了他妹妹，還有誰會想害陳義銘？」

「很多！組長，請您一定要揪出兇手，替、替義銘……」說著，劉雪兒又哭了。

在歐陽鳳的細心追問下，劉雪兒溫緩湲道出……

她是陳義銘的女友，兩人認識兩個多月，很談得來，個性、喜好都很契合。

剛認識時，陳義銘正處於低潮期，他常提起他的未婚妻——蔡佳珍，說她太任性，兩人個性差距太大。

不久，聽陳義銘說要解除婚約，蔡佳珍因此常常跟他發生爭吵，甚至蔡佳珍的父親，也介入兩人事件裡，陳義銘煩透了，經常要喝酒解悶。

後來，蔡佳珍的父親，蔡老先生放話，叫陳義銘小心點，他要找人對付他。

這些都是陳義銘酒後告訴劉雪兒的。

接著，劉雪兒提起，她之前認識的前男友——黃東山。

自從認識陳義銘之後，劉雪兒逐漸跟黃東山疏遠。

因為兩相比較之下，劉雪兒覺得陳義銘的各方面條件都比黃東山優秀，而且她發現，自己好像喜歡上陳義銘了。

黃東山曾跟劉雪兒說：

「想跟我分手，沒那麼容易，分手費，二十萬！」

說到此，劉雪兒泣訴道：

「沒想到有這麼爛的人。我有選擇朋友的權利不是嗎？」

「那麼，黃東山跟陳義銘認識嗎？是否威脅過他？」

劉雪兒想了想，搖頭：

「沒有，我從沒有跟黃東山提起過陳義銘。他們互相不認識。」

歐陽鳳頷首，說：

「所以，黃東山只是單純的對妳勒索？」

劉雪兒點頭，擦擦眼眶。

「他的住址及上班地點可以告訴我嗎？」

歐陽鳳一面在記事本內記下地址，一面說：

「這個案件已經結案了，照理說……」

「不不不，組長，義銘是被人害死的，請您一定要替他伸冤，求求您。」

已經結案的案件，若有人提起疑點、可疑人物，還是可以繼續追查的。

在劉雪兒的淚眼下，歐陽鳳離開了。

◆

雖然劉雪兒說死者不認識黃東山，但基於辦案原則：鉅細靡遺，歐陽鳳覺得有必要查證一下這個人。

因此，把地址給康少勤，請他去找黃東山。

「組長，這……」康少勤為難的抓抓後腦勺。

「怎麼？」

「唉，我們案件堆積如山，很忙耶，沒必要花費心力在這微小的事件上，況且都已經結案了。」

「嗯，現在有人提出合理的懷疑，這合理的懷疑又有發生的可能，所以還是有必要再調查。」

「可是……」

歐陽鳳好整以暇地說：

「根據判決確定後發現有再審的原因者，得隨時聲請再審，且依刑事訴訟法第423條之規定，即便刑罰已執行完畢或不受執行時，亦得為之。而且，刑事案件再審並無期間的限制。」

康少勤忽然壓低聲音：

「組長，我更知道，局長心目中，都認為結案速度要快。」

歐陽鳳俏臉一整，說：

「我認為案件的正確、公允比速度快更重要！你廢話少說，快去！」

康少勤無奈的走了，歐陽鳳也出去，再次造訪蔡家。

蔡老先生來開門，看到歐陽鳳，似乎有點驚訝。

「佳珍出去了，不在家。」

「跟您談談也可以。」

「我？該說的，我都已經跟妳說了。」蔡老先生態度轉趨冷淡：「其他的，沒什麼好說的了。」

「介意我跟您談談？」

「請。」

落座到客廳上，歐陽鳳單刀直入地開口：

「聽說你曾放話，要對陳義銘不利？」

「呵！妳從哪聽說的？」

歐陽鳳盯住他，好一會，說：

「劉雪兒。」

「呵！」顯然，蔡老先生很不悅：「那個女人！她能搶走我女兒的未婚夫，當然也能亂講話！」

「所以，你真的對陳義銘……」

「哼！我是找他談過話，也威脅過他，但是他的死，跟我無關。」

接著，蔡老先生說起最後見到陳義銘，那天是三月二十六日。

跟陳義銘約定見面後，蔡老先生發現，陳義銘喝了酒，對於蔡老先生的質問，陳義銘始終無話可回。

最後，陳義銘只說了句：我跟佳珍個性不合，她是個好女孩，可以找到比我更好的男人。

蔡老先生聽了，更憤怒，當場甩了他一巴掌，頭也不回的走了。

歐陽鳳眨眨眼，心想：

這個也有可能引發殺機呀！

「當然，我恨不得他……」說到此，蔡老先生頓轉話鋒，一副幸災樂禍：「不過這些都已經過去了，反正他都死了。」

歐陽鳳低低的語氣，帶著清冷：

「請問你，四月七、八、九這幾日，你在哪裡？」

「什麼？什麼？現在我變成嫌疑犯了？」

「請您原諒，這是我們的例行公務。」說著，歐陽鳳掏出記事本和筆。

咬咬牙，蔡老先生很不高興，但是上了年紀的人，畢竟比較老成，他還是交代的清清楚楚，還有人證。

他強調，雖然非常痛恨陳義銘，可是絕不會下手殺他：

「這種人渣，不值得我殺他。不信的話，組長可以調查調查，我是何等人？」

蔡老先生在地方上是個小有名氣的有錢人，這點歐陽鳳很認同，不過，她還是準備查證一下他說的這些證人。

◆

回到刑事局辦公室，康少勤已經安穩地坐在他的辦公桌前。

「嘿！組長，妳現在才回來啊！」

「你那邊呢？」

「是！向組長報告！」

接著，康少勤談起去見黃東山的細節。

黃東山的工作是貨車司機兼送貨員，他體型壯碩，屬於粗枝大葉型，說話卻有些靦腆。

據康少勤的觀察，黃東山這個人是個大老粗，看到康少勤，一點都沒有顯露出駭異或不安的樣子。

康少勤依照歐陽鳳所交代的，一見面就突然問他：

「認識陳義銘嗎？」

黃東山先是歪著頭、略想，然後搖頭。

「那，劉雪兒呢？」

「呃，她……」黃東山抓抓頭，點了一下。

「你跟她怎麼認識的？」

黃東山臉孔紅紅的，訕然道：

「我送貨到她的公司。我曾追過她，我喜歡她，就認定了她是我女友。」

康少勤點點頭，看著他，只聽他接口，說：

「想不到她並不這麼想……」

「她是怎麼想的呢？」

「我不知道，或許因為我長得不夠帥。」黃東山愈說，音量愈低，頭也俯下去：

「後來，她又交了新男友。這讓我很失望……」

「你很生氣，所以你跑去找陳義銘算帳？」

黃東山驀地抬頭，黝黑的臉上，現出暗紅色：

「是雪兒這樣說的嗎？」

康少勤聳聳肩，不答話。

「她這樣說就太過份了！我根本不認識那個陳什麼的。」

康少勤專注的看著他，想看出他有幾分真誠，故意接口說：

「陳義銘，他已經死了。」

黃東山抓抓頭，略顯吃驚地睜大雙眼：

「死、死了？怎麼死的？」

康少勤聳聳肩，說道：

「還在調查。咦？劉雪兒沒告訴你嗎？」

黃東山猛搖著頭：

「她交了新男友後，我很少跟她聯絡。」

「是嗎？」康少勤如刺似，突然問：「你不是威脅她，要她交出二十萬？」

黃東山黝黑臉龐，又現出紅潮，他抓抓頭：

「那是她跟我提出分手那次，我很難過，不想跟她分手，這樣說只是希望她別離開我。」

「是這樣嗎？」

黃東山用力點頭，雙手一攤，故作瀟脫：

「不然呢？我總不能拿刀架住她，叫她不准離開我呀。後來我想通了，她有選擇的權利不是嗎？」

「可以請問你，四月七日、八日、九日，你在哪？」

「七、八、九日……」黃東山想了好一會，現出高興的表情：「七日那天中午，公司派我送貨去台北，因為送遠貨，公司特別讓我休一天假，七日晚上，我把貨送達，晚上我在台北過夜。第二天我在台北玩了半天，下午大概三點多就開車回來。」

「還記得你住的旅館嗎？」

「當然，我住在西門町ＸＸ旅館，我還有收據呢。」

康少勤點頭，說：

「十日那天呢？」

「喔，我只休了一天，十日那天又到公司報到。長官，你也知道，幹我們這行的，多休一天，公司就損失一天。平常日子很難得休假。」

◆

康少勤說完，歐陽鳳沉思一會，看著少勤，問道：

「這個黃東山有嫌疑嗎？」

「嗯……我想應該沒有。」

「說說你的看法。」

「首先，他看到我，表現得很平靜；第二，他看起來不像會說謊、耍心機的人，他是個大老粗；第三，他的行程交代得一清二楚。」

「你怎知道他的行程交代得很清楚？」

「組長若不信，我可以馬上去他公司查證。」

歐陽鳳點點頭。

「還有，劉雪兒想離開他，看他的樣子，好像並不是很在意。」

「喔。」

康少勤得意的接口：

「我就說嘛，都已經結案了，沒必要花費心力在這些小事上。」

說到這裡，康少勤發現歐陽鳳臉色鐵青，他忙轉口，問：

「組長妳呢？有什麼發現？」

「嗯，我查問過蔡老先生。也去找他說的幾位好友證人，應該說已排除了他的犯案嫌疑。」

歐陽鳳蹙緊眉心，看得出來，這起案件讓她很困窘。

兩人靜默了好一會，歐陽鳳抓起電話，說不到三句話便拿起公事包意欲出門。

「組長，妳去哪？」

「我約了蔡佳珍。萬一有急事，打電話給我。」

等歐陽鳳背影消失在辦公室門，康少勤坐到椅上，呷了口茶，抬高雙腿，擱在桌上，輕鬆的搖晃著。三十分鐘後，歐陽鳳在一間速食店裡，與蔡佳珍面對面坐著。

蔡佳珍從包包內拿出一封信，移到歐陽鳳面前。

歐陽鳳沒有立刻接，平淡的看著她問：

「我可以看嗎？」

蔡佳珍抓起面前一杯奶昔吸吮著，明顯不太友善：

「妳要的話送給妳。」

接著她眨眨眼，道了聲抱歉。歐陽鳳打開信封，抽出信紙，仔細看著。

信的內容很簡單，只有寥寥幾句：

「佳珍：

很抱歉，寫這封信給妳，我也是不得已。

認識妳是我的榮幸，妳很優秀，都是我不好，配不上妳。

我相信妳一定可以找到比我更好的對象。我不值得妳喜歡。真的！

至於妳提出的五十萬分手費，恐怕我做不到，妳也知道我的經濟狀況。

千言萬語，我只有一句：請妳原諒。

陳義銘愧筆。」

看完後，歐陽鳳把信紙重新裝入信封內，置放在桌上。

這封信看不出來什麼端倪，只有一點歐陽鳳可以斷定，寫這封信的陳義銘應該不可能自殺。

「怎樣？看完了，還有什麼事？」

「五十萬分手費？」歐陽鳳輕輕說道。

蔡佳珍的情緒，似乎一下子爆發出來，她口氣很衝：

「那是因為我不想解除婚約，才故意給他難題，我家真的缺錢嗎？哼！組長，妳哪會知道我的心情。」

「我能理解……」

「不！妳根本無法明白！」蔡佳珍提高音量。

歐陽鳳有點訝異，盯住蔡佳珍，後者因為憤恨，白皙臉孔脹得通紅。

「我蔡佳珍是什麼人？有誰不把我放在眼裡啊？從來沒有過！我不是說大話，妳或許不相信，告訴妳，追我的人可是一籮筐啊！」

歐陽鳳一直是個傾聽者，不過，除了傾聽之外，她還細心地注視著蔡佳珍的言行舉止。

「不信的話，妳可以去問我爸！」

「我相信！蔡小姐真的很漂亮。」

「哼！就因他想解除婚約，讓我掛不住臉。」蔡佳珍越說越傷心，不覺紅了眼眶，但好強的她，硬是忍住淚，不讓眼淚掉下來。

歐陽鳳不知道該接什麼話，低下眼瞼，喝了口檸檬紅茶。

「我哪裡錯了？他可以告訴我，或是他不喜歡我哪點，我也可以接受，但這樣不明不白的解除婚約，我無法接受，更無法原諒他。」

歐陽鳳微微頷首。

「死了，那也是他家的事！我想以他的個性，任誰都會討厭他！」

「嗯，所以，蔡老先生很氣他，想對付他？」

「對！我爸找小達……」忽然頓住了話，蔡佳珍低頭按了一下眼角。

「那是什麼時候？」

似乎感到自己說錯話了，蔡佳珍支支吾吾。

「不管蔡小姐有多討厭他，畢竟他也曾對妳好過、對妳有過感情，對不對？」

聽了，蔡佳珍強忍住的淚，再也不聽控制……

終於有點線索，歐陽鳳心裡一喜，蔡老先生沒提過他去找小達的事。

哭了好一會，蔡佳珍很快收住眼淚，吸吸鼻子、擦掉淚痕：

「我最不能忍受的，是他竟然又交了劉雪兒。」

「這中間妳都沒看出來有什麼變故或是差異？還是陳義銘有什麼明顯變化？」

蔡佳珍想了想，搖搖頭。

「可以談談他的個性嗎？」

「他對女生很體貼，」吸著鼻子，蔡佳珍跌入回憶：「很溫柔，溫柔又客氣，記得跟他交往幾個月來，他只牽過我的手……」

歐陽鳳聽得仔細，繞著話題，探問道：

「會跟妳交往，代表也喜歡妳，情侶間有親密的舉動算是正常的吧？」

「沒有！我喜歡他，我注入所有的感情，可是他好像對我很淡……」蔡佳珍認真的回想，乍然發現了奇怪的地方。

「嗯？」歐陽鳳不敢打斷她的思緒，耐心等她說出來。

「組長，妳讓我發現……其實認識義銘後，他從沒對我有過親密舉動，就連接吻都是我主動。」

「嗯。」接著，蔡佳珍緩緩說出兩人相處時的種種狀況。

聽著聽著，歐陽鳳有了結論，同時也有了疑點：

首先，陳義銘的個性溫吞又柔婉。

其次，這種個性不可能會傷害人，具體的說，他寧可受傷害也不會去傷害人。

如果是這樣，那麼他受傷害，是想保護誰呢？

「請問是小達嗎？」說著，歐陽鳳遞出名片。

看一眼名片，小達略顯吃驚，隨即又恢復常態。上下打量著歐陽鳳，一副嘻皮笑臉的樣子。

「組長大人，妳好！」

「能請教你幾個問題嗎？」

小達做出「請」的手勢。

「蔡老先生，你認識嗎？」

「哪個蔡老先生？」

「蔡佳珍的父親。」

「喔！當然認識。地方上的有錢人。」小達嘻笑著：「可惜我太小了，不然當蔡家的乘龍快婿是我的一大『錢』途。金錢的『錢』，不是前面的『前』喔。」

「嗯，看不出來你讀過許多書。」歐陽鳳故意酸他一句。

「嘿！哪有。」

「可以告訴我，你何時去找陳義銘？拿了蔡家多少錢？」

突兀的瞪大眼，小達很不爽：

「唉唷唷，這死老頭，他說過這是祕密，絕不會洩漏。」發現說錯話，小達立刻轉口：「算了，都說出來了，我沒在怕的啦！」

「他沒有洩漏。」

「那就奇怪了，組長，妳怎麼會知道我？」

「蔡佳珍無意中說出來。」

「原來是她，那個大小姐。」

「你找過陳義銘幾次？」

「一次就不得了了。誰叫他對蔡小姐這樣？自以為長得帥？哼！」

「能說說那天的詳情嗎？」

小達一副無所謂的樣子：

「我又沒對他怎樣！我們只略微教訓他一頓而已。」

接著，小達說出那天的情形。

◆

小達由於蔡老先生的緣故而認識蔡佳珍，他對蔡佳珍印象非常好。可惜，蔡佳珍雙眼長在頭頂上，對誰都恣意喝叱，這點小達可以忍受，誰知道蔡佳珍竟然交了個帥哥男友，小達只好把這份心意埋藏在深深的心底裡。

蔡老先生對小達很好，三不五時會給他零用錢，還屢次告訴小達，不要遊手好閒，隨便找個工作都好，有困難可以去找他。

一天，蔡老先生把小達叫去蔡家，要他給陳義銘一個教訓。

想不到，小達前腳踏出蔡家，蔡佳珍後腳就跟上來。她凶狠的阻止了小達，說如果小達去找陳義銘，她不會原諒他！

小達知道蔡佳珍是蔡老先生的掌上明珠，兩相比較下，當然要聽蔡佳珍的話。

那是二月二十左右的事。

過了不到十天，也就是二月底，蔡佳珍忽然來找小達，要小達去找陳義銘，狠狠的打他一頓！

當然，小達也知道了陳義銘要跟蔡家解除婚約的事。

小達便找了兩個朋友一起去找陳義銘，見了面，他們立刻揮出老拳。

陳義銘挨了幾拳後，大喊：

「住手！你打人必須給個理由呀！要打死我，也得讓我做個明白鬼！」

「哼哼，玩弄人家千金小姐，不該死嗎？不該被打嗎？」

「我不想娶蔡佳珍也不行嗎？」

小達又揮了一拳，說道：

「不想娶？那當初為什麼要跟她訂婚？」

「是蔡家逼我的啊！」

這時，小達緩下手，好奇的問起他跟蔡佳珍的原委。

聽完陳義銘的說辭，小達又教訓了他一頓，便跟朋友走了。

◆

「蔡佳珍給妳多少錢？」

小達聳了一下瘦肩膀：

「不多，請朋友喝個酒、吃頓飯，不過份吧。」

「陳義銘怎麼跟你說的？」歐陽鳳又問。

「他說認識蔡小姐不久，她帶他去見蔡老先生後，蔡家就屢屢催他們訂婚。」

「怎麼會這麼急呢？」

「誰知道，蔡老先生說蔡小姐已經三十歲了，他很想早日抱孫子。」小達說：

「陳義銘說，其實他沒有想要訂婚。」

歐陽鳳頷首。

◆

「婚都訂了，還說不想訂婚，我聽到這話就更抓狂了，不給個教訓怎麼行？」

陳義銘被他三個混混嚇到，跟蔡佳珍更疏遠了。

第三章

今天是假日，本該是讓人心情愉悅的日子，陳芳芳卻開朗不起來。

她不想找朋友、也不想跟任何人吐露心事，一整天都耗在速食店。

坐久了也會膩，她看了看錶，已經接近晚飯時間，便走出速食店，腳下不知不覺的往家的方向走。

走到公寓底下，她本來要抬腳跨上樓梯，忽然又縮回腳。

猶豫了一會，她抽身又往另一個方向去。

她慢吞吞的用晚餐，又去逛街、喝飲料……刻意摩蹭到很晚，不得不回家時。

原本溫馨的家，此刻對陳芳芳來說卻是個巨大的黑網。

這黑網剝奪掉許多她的人生樂趣，讓她無法回到以前的平靜日子。

跨入客廳，暗黑的空洞感從四面八方襲來，更讓她感覺孤單。

她馬上打開燈光開關，乍亮的燈光，似乎升起一絲絲溫暖。

可是眼睛一觸及陳義銘的房門，芳芳心底的那絲溫暖，馬上消失殆盡。

這種感覺以前從來不曾有過。

人很奇怪，幸福一旦消失了，才發現原來以前幸福就圍繞在身邊。

都是這樣嗎？每個人都這樣嗎？

「人在福中不知福。」

芳芳沒有想哭的意圖，可是，淚水竟從眼中汩汩溢出來……

直到雙頰濕潤，芳芳才發現自己在哭，她抹掉淚水，迅速關緊大門，馬上鑽入房內，鎖住房門，躲到床上，拉緊棉被。

越想讓自己趕快入睡，越輾轉難眠。不知道過了多久，正欲模糊進入夢鄉之際，忽然，身體不由自主的打了個顫，讓芳芳減少了一點睡意。

就在這時，傳來一聲輕微的——

喀嚓！

芳芳整個人頓時清醒，側耳傾聽，想分辨這是什麼聲響。

一切又沉入黑夜的靜寂中，芳芳看了一眼床頭櫃上的鬧鐘，差五分鐘就十二點整。她腦中不自覺回想起那一天，法醫確認過，說哥哥是在晚上十一、二點左右去世的。

一個聲音升上芳芳的思緒：不就是這個時間嗎？

忽然，一個微弱的聲音響起：喀……喀喀……

芳芳立刻繃緊神經，很像是門被打開的聲響，若是門，那就唯有哥哥的房門了！

小偷？不、不會吧！

接著又安靜下來了，芳芳轉了個身想繼續睡，這時，她耳中聽到一陣聲音。

窸窣窸窣……窸窣……

在黑夜，尤其是像現在這樣闃無音響的冷寂夜裡，聲音似乎特別響，芳芳渾身的神經驀地繃緊！

這已經不是第一次了，自從哥哥死掉後，他房內就常常出現很奇怪的聲響。是哥哥死得不瞑目？或是哥哥想跟自己說什麼話？

芳芳曾經在聲響後，去過哥哥的房間，第一次，看到房內有黑影；第二次，她沒理會它；第三次，芳芳乾脆蓋緊棉被……

如果真是哥哥要跟她說話，她不知道，自己是否會有這個勇氣面對。到底該怎麼辦好呢？

◆

時間一分一秒的過去，芳芳揪緊著心，千方設想、百般揣摩，就是無法提起決斷力。

可是，天天這樣被騷擾，困擾的可是她啊！

芳芳掀起棉被下床……呃！好冷！

冷的是她的心？還是她的膽？

不管了，她抓起外套披著，迅速的走向房門——她怕動作太慢，會讓她的勇氣消失殆盡。

整個客廳黑乎乎，雖然不至於伸手不見五指，卻也暗的令人膽寒。

稍稍站住腳，芳芳可以感受到冷冽的空氣，讓她顫抖不已。

深吸口氣，芳芳躡手躡腳的移步，走向哥哥房門口。

咦？窸窣聲更大了，果然是哥哥，他回來了？

芳芳吞嚥著乾枯的喉嚨，一再告訴自己：

別怕別怕，死人不可能打人，更不可能拿刀殺人！

悄然伸手，芳芳旋轉著房門把手，輕巧打開一道縫。

這時候，窸窣聲音倏然消失了。

從門縫的角度，她看到暗濛濛的房裡，沒有任何東西，更不可能有人。可是，如果，忽然看到哥哥站在陰暗角落，還睜突著眼，望著自己呢？

想到此，芳芳的心急遽躍動。

終究，芳芳還是不敢將房門全部打開，她輕輕發出一聲：

「嗯。」

一切是靜止的，芳芳提起膽，放低聲音：

「哥哥，是你回來了嗎？」

等了好一會，還是沒有聲音，芳芳接著說：

「你有話跟我說嗎？」

等了更久一會，什麼聲音都沒有，芳芳突然醒悟——對了，亡故的人，應該是不會說話呀！

一思及此，芳芳膽子略微大了點，她再開口：

「我知道我對不起你，但我是不得已的，你既然都走了，就一路好走，不要回來嚇我。」

房內還是沒有任何回音。芳芳定定心，手一動，把門打得更大縫些，她又說：

「我會多燒些紙錢給你。你……」

忽然，裡面傳來輕微的「喀」一聲，芳芳嚇得把話吞回肚子裡，不敢再說話，手也停住，不敢再打開房門。

僵持了很久，差不多有將近十幾分鐘，芳芳凍得受不了，差點想退回自己房內，可是話已開頭了，應該要說清楚，這樣退回來，芳芳有點不甘心。

「哥哥如果你聽得到我說的話，就、就再發出個聲音。」

說完，芳芳等待著，這一等足足又過了十多分，可是房內始終沒有任何聲響。

芳芳感到四周冷空氣，不斷襲過來，她勉強制止自己：別顫抖、別怕！

「唿——嗚——嗬、嗬……」

房內忽然發出細微而難聽極的、就像是鬼的低泣嚎聲。

芳芳被嚇得放開門把，往後退一步。猛吞口口水，她喉嚨乾澀得說不出話，但還是說道：

「你想嚇我，我不怕。」頓了好一會，芳芳又說：「不怕，我進、進去了，我不怕……」

芳芳有點語無倫次了，嘴裡說不怕，其實她一顆心都快迸出口腔了。

說完，芳芳伸手推門，想將門整個推開，正當門推到一半時，突然傳來一陣「噓——唿——唿——」的怪異聲。

在此同時，門後猛然伸出一隻慘白而枯瘦、帶著紅色血水的枯手，緊緊扣住芳芳的手腕！

芳芳乍見恐怖枯手，又驀地感到手腕一陣冰冷刺痛，她嚇得大聲高喊著，一面用盡力道，甩開那隻枯手，一面急匆匆奔回自己房內，倉促而緊迫的上了鎖。

只差一點她就昏倒過去！

漫長的黑夜，不知道是如何過去的。

睜開眼，芳芳還有點失神，繼而思緒一轉，她像被火燒到了般，跳下床，緊接著打開房門，環視著客廳。

縱使害怕，畢竟現在是大白天，天色很亮，驅走不少恐怖氛圍。她正要回身，忽然眼尾閃出一陣光，她低頭望去。

一攤水，跟上次一樣，水漬由哥哥房門口綿延出來，蔓延到客廳大門！

芳芳整張臉，霎時變綠了。

◆

歐陽鳳正要踏出辦公室，忽然被叫住了。是刑事警察局局長找她，她跨進局長室，局長一臉嚴肅。

「局長好。」歐陽鳳站的挺直。

「坐。」

「是。」

局長遞出桌上一封公件，說道：

「喏，這封文件請妳看看。看完後，把妳的意見寫個五百字報告，再交上來。」

「是的。」

一心一意想儘快離開，歐陽鳳接過文件，直視著局長，等他下文。

據她所知，若只為了這個文件，局長不會要她坐。果然，局長開口道：

「最近忙些什麼？」

「呀，就是最近的案子。」

「哪件？」

「HB200135。」歐陽鳳念出案件代號：「死者是陳義銘。」

「不是結案了？」

「報告局長，因為死者一名最親近的友人提出疑議，所以就……」

「疑議？這件案子已經結案了不是嗎？」

「是的，」頓了頓，歐陽鳳又接口：「不過，屬下也感到怪異。」

「妳有什麼看法？」

「一個正常人，沒有內在病因，又無外在誘因，竟然莫名其妙亡故，相當可疑。」

局長敲敲桌面，緩緩接口說：

「事發當時，家屬沒有意見，法醫的檢驗又沒問題，地方警察局也勘驗過，一切都依照SOP處理。」

所謂SOP，正確的說，就是標準作業程序。

「沒問題的舊案，不需要浪費時間，妳看，」局長舉手，拍一下桌角，堆成一座小山的案件，不疾不徐的接口：「這些案子甚麼時候才能一一結案？」

歐陽鳳心裡清楚局長的真正用意。她噤聲，沒有接話。

局長凝眼看她好一會，在他凌厲的逼視之下，歐陽鳳眼望地上，咬咬唇，點點頭。

局長忽仰身：

「我沒有聽到妳的回話。」

「是，屬下知道了。」

局長偏著頭，又說：

「知道了之後呢？」

「屬下懂局長的意思，會照命令行事。」

最後一句，歐陽鳳是咬住牙齦說的。

局長滿意的頷首，語氣放軟：

「我替你們設想，就是擔心你們過於勞累了。好了！忙妳的去。」

歐陽鳳立刻起身，站得筆直，舉手向局長行個禮，退了出去。

他馬上去找康少勤，俏臉滿是殺氣的質問他，幹嘛向長官打小報告？

「我哪有？打什麼小報告？」

「最好沒有！」

康少勤滿是不解神色。歐陽鳳看一眼他桌上咖啡杯，口吻還是很嗆：

「咖啡喝完，去找劉雪兒，最好跟蹤她個幾天。」

「組長，等、等等，幹嘛要跟蹤她？」

歐陽鳳認真的說：

「我會重新調查完全是因為她的一席話。如果她有什麼異常舉動，或許她有嫌疑，還故意擾亂，搞不好是她跟她前男友設的局。」

「啊？這個，」康少勤攏緊雙眉，沉思道：「她沒這個必要呀。」

「如果她心虛，就會有這個必要。快去！」

「是、是。組長妳呢？」

「我已經約好陳芳芳，要見面。」

「什麼？陳芳芳？有必要再查嗎？」

「兇手沒抓到之前，每個人都有嫌疑！」

「可、可是，死者是自然死……」

「除非有更好的解釋，能說明死者在死前看到、遇到了什麼，不然，一個身體無恙的三十多歲青壯年人，會無端引發心臟病？你還記得死者的臉容嗎？」

康少勤無言了，點頭不是、搖頭也不是。

「他像自然死嗎？」

說完，歐陽鳳腳步急促的走了。

康少勤輕一搖頭，低聲說給自己聽：

「看樣子組長槓上局長了，可是穩輸不贏，局長可是長官呀！」

◆

一樣的市中心小咖啡屋；一樣的角落、偏僻座位，只是對象換成了陳芳芳。

陳芳芳底雙眼，游移不定，看來就是滿腹心事狀。

看著她，歐陽鳳心中也佈滿疑團。

她哥哥的婚事，竟然全都不知道，她還有多少祕密沒說出來？

「為了讓死者走得安心，我不得不一再請教妳一些問題。」

芳芳沒答話，只點點頭，看來不很真誠似的。

「妳哥哥跟蔡佳珍要解除婚約，這件事妳知道嗎？」

芳芳眉眼一挑，歪歪頭：

「我不太清楚。我哥哥很多事沒讓我知道。」

簡單的一句話，就可以蓋括許多了。

歐陽鳳決定不客氣了，她語帶質詢：

「你這個妹妹也很無情喔，那天妳很晚回來，妳告訴我妳去殯儀館看妳哥哥。但是殯儀館的人說妳沒有去！」

芳芳的臉驀然紅透耳根。

歐陽鳳銳利眼芒，始終沒離開過芳芳臉顏。

「妳這種態度，很抱歉，我不得不懷疑，妳哥哥死了，妳有什麼好處？」

芳芳臉色乍紅，有點錯愕：

「組長，我聽不懂您的意思。」

歐陽鳳換了個坐姿，慎重地說：

「妳為什麼要騙我？」

「我沒有。」芳芳垂下眼瞼。

「妳沒有實話實說！」歐陽鳳見她這樣，更篤定的說。

「我、我害怕！」芳芳垮著臉：「還有，我怕說出來，組長不相信。」

「難講。妳都沒有說出來，怎麼會怕我不相信？」歐陽鳳故作輕鬆，端起咖啡杯，呷了一口，突然又吐針鋒般地說：「除非妳覺得有問題。」

芳芳忽地目瞪口呆。

「說真的。雖然法醫勘驗說，死者是『心臟麻痺』。可是我感到不可思議，妳想，一個健康、沒有任何疾病、又沒有任何外在致死原因，怎麼就這樣說死就死了？」

芳芳咬咬唇，緩慢的說道：

「這……我之前聽我哥說過，他胸口會悶痛。」

「我知道，可是劉雪兒來找我，她說死者是被人害死的！」

「她、她這樣說？」

「嗯哼。劉雪兒說，陳義銘不可能自殺，更不應該這樣死了。」歐陽鳳緩慢的、一字一字的說：「如果劉雪兒所說屬實，那麼第一個有嫌疑的人，就是妳了。」

「組長這話太離譜了！怎麼可能是我？」

「我是有根據的。因為死者死亡時，臉上是一副驚恐表情。這表示死者在死前，遇到什麼讓他驚訝的人或事。」

說著，歐陽鳳腦中浮出死者陳義銘的死狀……

他睜突著一雙眼，嘴巴大張，臉孔猙獰，一副驚恐表情。

芳芳低著雙眼，一下鎖眉、一下咬著唇，狀若思索般。

「妳知道蔡佳珍和她父親曾經找人去對付陳義明嗎？妳知道蔡佳珍要陳義明交出分手費五十萬嗎？」

歐陽鳳愈說，芳芳臉容愈變，最後，芳芳的臉轉變成死白色，抖簌著嘴唇，說：

「天啊！我都不知道，我哥遭受這麼多壓力！」

「妳是他妹妹，竟然都不知道他這些事，是不是太離譜了？」歐陽鳳更盯上一句。

咖啡屋內，客人三三兩兩的走了，裡面更安寧，也更沉寂了。

雖然沉寂是可怕的，但有時候，沉寂可以讓人思慮更清晰。

不知過了多久，歐陽鳳準備起身，她知道，有時候有些話點到為止即可，剩下的，讓對方多想想，可能會更好。

芳芳在此時抬起頭：

「我哥哥回來過，難道他真的走得不甘心？」

歐陽鳳大眼透出冷犀，攏著雙眉：

「回來過？」

芳芳嘴唇蒼白，點頭說：

「我、我很害怕，又擔心沒人會相信，我真的不知道該怎麼辦？」

歐陽鳳一臉認真的表情，望著芳芳。

芳芳接口道：

「我說的是真的，我哥哥回家來，留了一些痕跡。聽妳這樣一講，我也聯想到，我哥哥的死，也許跟『水』有關聯。」

「水？妳可以說清楚一點嗎？」

接著，芳芳說出，好幾次半夜聽到陳義銘房內有聲響，最後，她發現他的房間，綿延到客廳，有一列水漬。

歐陽鳳聽的眉心皺的更緊了。

人死了，會留下水漬？依邏輯來說，這是不可能的。

但芳芳說得活龍活現，歐陽鳳沉吟著，打蛇隨棍上的問道：

「依妳看法，陳義銘的死，怎麼會跟『水』有關聯？」

「是這樣的，我哥哥在死前一週的週六、日，跟朋友相約，說要去溪邊釣魚。」

聞言，歐陽鳳立刻拿出記事本、筆，翻開來，接口：

「死前一週？那就是四月一日週六、二日週日？」

芳芳點頭，歐陽鳳記下，一面問：

「他的朋友是誰？妳知道嗎？」

根據芳芳所敘述的，歐陽鳳記錄了下來。

死者的朋友：一是對住在台南的許立財夫婦；另一對是王清夫婦，住在嘉義的民生社區。

「台南哪裡？」

「甲仙。地址是……」

歐陽鳳記下他們詳細地址，一面問：

「妳哥哥之前也找過他們一起出遊？」

「是！據我所知，我哥哥常去找他們，所以有時候，我哥哥不在家，我都以為他不是去找王清，就是去找許立財。」

「那回來之後呢？有甚麼狀況？」

芳芳陷入沉思中，徐徐說道：

「週日晚上，我睡到半夜，傳來幾陣淒厲慘嚎聲音，我陸續幾次被嚇醒過來，到後來，再沒聽到什麼怪聲，我就迷糊的繼續睡了。」

歐陽鳳忙問道：

「妳記得持續多久嗎？還有，慘嚎聲是妳哥哥發出來的？」

「很久，大約有近兩個鐘頭，或三個鐘頭。屋裡只住了我和哥哥，照理說應該是他的叫聲，可是叫聲太悽慘，不像是他的。我從沒有聽他這樣喊過。」

「所以，妳沒想到起來求證？」

芳芳搖頭：

「週日那天，我跟朋友去ＰＵＢ，很晚回來，回到家，累得一沾床就睡了。」

歐陽鳳專注的聽著，只聽芳芳接口，說：

「前一晚睡不好，第二天一早起來已經八點多，我上班快要遲到了，所以我匆忙的準備上班。結果我還沒出門，哥哥忽然打開房門，我看到他臉色很糟糕，又聽到他不斷的抱怨。」

歐陽鳳興味提得高高的，銳利眼光專注盯緊芳芳，芳芳頓了一會，說：

「我急著去上班，沒聽到他說些什麼。」

歐陽鳳一顆心驀地一沉，不過這對她來說，可是一大進展。她不放棄的問：

「那晚上呢？妳有聽到什麼怪聲嗎？」

芳芳想了很久，搖頭說：

「我忘記了。不過第二天，也就是週二早上，我聽到哥哥說，他遇到了奇怪的事。」

歐陽鳳好像打了一劑提神針，她興奮的想道：

這應該就是死者致死的關鍵了。

◆

提著公事包，歐陽鳳腳步不急不徐的走著。

雖然死者沒有向芳芳說出他遇到了什麼怪事，可是歐陽鳳覺得，案情有了進一步的發展。

即使受到上司的壓力、康少勤的排擠，歐陽鳳還是堅持自己的看法。

也許這種執拗的個性跟她小時候的遭遇有關聯吧。

長大後，她有個不變的想法：

有冤必申！

不管受害者的身分、地位多卑微，只要是一條人命，都該受到尊重！

現在，她正要為一個不起眼的生命，找出真相。

想到這裡，她不禁加快腳步，到了，她略一對照地址，沒錯！

「上尚廣告企劃社」！

歐陽鳳走上前，按下長長的鈴聲，她舒了口氣。

老闆姓李，有點嚴肅，卻又不失親切。看到歐陽鳳，他立刻將她請入辦公室後面的小客廳。

「唉！我接到陳義銘死亡的消息，相當震驚，相當意外！」

歐陽鳳點頭，接口：

「抱歉，麻煩你一點時間。」

「不不不，能夠釐清義銘的真正死因，我很樂意。」

「請問他在這裡工作了多久？他一向的表現如何？」

「嗯……」李老闆想了一會，慢慢說道。

陳義銘大概三年前來公司應徵，雖然他偶而會散漫一點，大體上算是個好員工，平常工作很認真，跟同事相處也還不錯，是個好好先生。

他閒暇最大的樂趣，就是釣魚、烤肉。

「那李先生知道他訂婚的事嗎？」

李老闆皺起眉心，搖搖頭：

「這個倒沒聽他說過。」

照理說，訂婚是件大喜事，為什麼陳義銘沒讓老闆知道？

歐陽鳳把疑點記錄到記事本內，又問道：

「他跟家人相處的情況，您是否知道？」

「他家人啊？我知道他只有一個妹妹，其他就不清楚了。」

「他提過他父母嗎？」

「啊！他來應徵時，履歷上就填明，父母都已亡故，只留下一間房子。」

「所以，這間房子是他和妹妹的共有財產？」

「這個屬於員工的私人問題，我就不清楚了。」

歐陽鳳頷首，房子當然也可能是兇殺案的因素，如果這是一起凶殺案的話。

歐陽鳳翻開記事本，問道：

「陳義銘死亡那天是週五晚上。週一到週四這四天中，他都有來公司上班嗎？」

李老闆點頭：

「有。他這個人很負責，我記得禮拜一下午，他跟客戶有約，早上來公司整理資料後，將近中午就出去吃飯、跟客戶洽談。」

歐陽鳳點點頭，問：

「他有什麼異狀嗎？」

「異狀？」李老闆攏起眉頭，細細想了想：「我沒注意到。在我看來好像跟平常一樣。」

「曾經說過什麼足以讓人覺得特別的？」

「好像沒有。」

歐陽鳳點點頭，在記事本上，迅速寫著。

「啊！對了，禮拜二下午，他跟我說，想請假。」

「請假？」

「說是不舒服，要去看醫生。」

歐陽鳳精神一振，忙問道：

「知道他有什麼毛病嗎？」

「好像是……我不太清楚。因為那時候我正在講電話，所以就在他的請假單上隨便簽了准假。」

「請假單可以讓我看看嗎？」

李老闆連忙拿出鐵櫃內一個公文夾，翻了翻，拿出其中一張單據，遞過來。

請假單據上寫著日期，陳義銘和李老闆的簽名，還有「病假」。

「這是陳義銘的筆跡？」看李老闆點頭，歐陽鳳接口：「這個可以給我嗎？」

「當然，當然！沒問題。」

「謝謝您，請問陳義銘跟同事相處如何？我可以請請問他的同事嗎？」

「好，我請他們進來。」

說著，李老闆走了出去。

歐陽鳳一再端詳著請假單上的簽名，然後，小心收妥，放入公事包內。

第四章

陳義銘的兩位同事，都同樣姓朱，年紀大的，叫大朱；另一位年紀小的，叫小朱。

李老闆先讓大朱進小客廳，大朱拘謹的向歐陽鳳點頭：

「組長，您好。」

「請坐，不要客氣。幾個問題想請教你。」

大朱坐下，臉上悲傷的皺起眉，搖著頭：

「他那麼年輕，實在太讓人意料不到。」

「你可以談談他平常的個性跟喜好嗎？」

「他這個人還不錯，很肯幫助人。有一次我業績不好，他自動把他談妥的一個業務讓給我。」說著，大朱抹一下眼角。

「為什麼？」望著大朱，歐陽鳳問道：「通常很少人會這樣做，不是嗎？」

「因為他知道我要養家，他說他單身一人，賺多就多花一點；賺少就少花一些，他沒有錢方面的壓力。」

歐陽鳳點點頭，又問：

「平常他會跟你談他的心事嗎？例如他女朋友、家人等等的。」

「很少。他這個人很沉默，不多話，個性溫吞。」

「他提起過訂婚的事嗎？」

「沒有。我不知道他已經訂婚了。」

訂婚之事，陳義銘竟然沒讓公司的人知道？

歐陽鳳翻開記事本，又加註了一條。

「我聽李先生說，他喜歡釣魚、烤肉？」

「對，他有空常常去溪邊釣魚。」

「你知道他平常身體狀況如何嗎？有聽過他有什麼毛病之類的？」

「好像沒有。」

依辦案經驗，得讓每個人說出他各自的看法、說法，這樣會比較客觀，於是，歐陽鳳看一下記事本，轉個話題，說道：

「陳義銘在四月七日，週五那晚死亡，之前，週一到週四，他都有來公司上班？」

「有！」

「那幾天他都很正常？沒有特別怪異的舉動、言行？」

大朱眨眨眼，歪著頭。

歐陽鳳接口說：

「他跟你是好同事，你多想想，也許對我們辦案有利，這對陳義銘也好。」

大朱又眨巴著眼，認真跌入回想，斷續的說出——

他記得禮拜一，也就是四月三日那天早上，很少遲到的陳義銘，竟然遲到半個鐘頭，他臉色不太好看，小朱就虧他說：

「幹嘛？週休兩天，去哪發瘋？一大早精神那麼差？」

陳義銘完全不理會小朱，後來，陳義銘跟他提起，說：

「恐怖，很恐怖！我從沒遇到過這種事。」

他那時正伏案在寫資料，沒有搭理，陳義銘繼續說：

「什麼東西，害我睡不好，真糟糕。」

大朱填著資料，有個地方不懂，就問陳義銘，話題遂岔開了。

接著來了一通電話，要找陳義銘，他聽到陳義銘叫對方「雪兒」，接著又說遇到什麼可怕的事。

他忙著寫自己的資料，沒有很注意聽。下午，陳義銘跟客戶有約，所以陳義銘就出去了。

第二天，也就是四月四日，禮拜二，陳義銘準時到公司，但是卻雙眼浮腫，精神委靡，大朱問他：怎麼了？

陳義銘回答說，沒睡好，胸口悶痛。

到了十點多將近十一點，陳義銘冒冷汗、全身無力，好像很不舒服。他倒杯熱水給陳義銘喝下，狀況好了許多，他向陳義銘建議：

「下午沒什麼事，你乾脆請假，去看個醫生吧。」

中午，陳義銘向李先生請病假。

◆

聽完，歐陽鳳攏著眉頭，問：

「那，他有什麼毛病？」

「這個……我沒有問他。不過我猜想，或許是前兩天沒睡好，著涼、感冒之類的。」

「這樣呀？」

「畢竟他年輕嘛，而且平常也沒聽過他有什麼毛病啊。」

歐陽鳳頷首，又問：

「你知道他去哪家醫院看病嗎？」

大朱搖頭，這在歐陽鳳意料中，於是她又問道：

「陳義銘看完醫生，有回來公司嗎？」

想了想，大朱說道：

「沒有，不過他有撥電話回公司。李先生跟他說，公司沒什麼事，叫他回去休息。」

歐陽鳳忙說道：

「你記得他幾點出去看醫生？幾點打電話回公司？」

大朱認真盯著牆壁上的時鐘：

「嗯，吃過午飯，又說了一會話，大概一點多出去。他打電話回公司，我接的電話，再轉給李先生，那時候大概三點多一些。」

歐陽鳳一一記錄下來。然後，她遞出名片給大朱，說道：

「非常謝謝你。如果你還記得他一些其他特別的事，請打電話給我。」

大朱收下名片，跨出小客廳。

歐陽鳳整理著記事本，一面前後對照著。

忽然，已經走出辦公室小客廳的大朱，轉了回來，搓搓手，靦腆地說：

「組長，我忽然想起一件事。」

「請說。」

大朱重又落座，放低聲音：

「我們公司裡，另一位朱先生……」

「小朱？他怎樣？」

「對對對，就是他，他常常跟陳義銘起衝突。」大朱說：「我不曉得這對您辦案有沒有助益，不過，我想還是跟您說一下。」

「陳義銘已經死了，」歐陽鳳說：「可以的話，你盡量提供完整的資訊給我，也許對陳義銘有幫助。」

「可是我聽李先生說，他是心臟麻痺，不是被害死的。」

「嗯，所以，我還在調查。」一時之間，歐陽鳳無法解釋太多，轉口問道：「你知道他兩人之間，有什麼過節？」

大朱想了想，說：

「我不很清楚。有一次，他兩人又在爭吵，我走近前，想關心一下，他兩人立刻停止吵架。」

「你沒問小朱？」

大朱點點頭，說：

「我問過，小朱表情很怪異，鬼鬼祟祟地笑著說：『這是祕密！懂不懂。』」

「後來，你有再問過他嗎？」

「沒有。」

「你問過陳義銘沒？」

「問過兩、三次。他每次都把話岔開。有問等於沒有問，後來我就不管他們了。」

沉思了一下，歐陽鳳徐徐說：

「祕密？他們兩個人會有什麼祕密？李先生知道不？」

大朱搖頭。

「小朱這個人怎樣？」

「他不算好，也不算壞，也許是年紀輕，性情有點輕浮，喜歡開玩笑。」

「那就是說，小朱握有陳義銘的什麼祕密嘍囉？」

「組長，您可別說是我告訴您的。」

「我知道，你放心。」

點著頭，大朱跨出小客廳。

歐陽鳳陷入深思中。

同事間如果有什麼過節，輕的，沒事；重的話，也許足以引發報復之類的殺機。

◆

芳芳說過，週二（四月四日）早上，陳義銘向她說，他遇到了可怕的事。

經過大朱的敘述，可以證實，陳義銘真的遇到恐怖又奇怪的事件。

歐陽鳳翻閱著記事本，上面記錄著，陳義銘在週六、日（四月一、二日）兩天，跟兩對夫婦朋友去溪邊釣魚、烤肉，因此可以假設：

陳義明遇到的恐怖、奇怪事件，跟朋友有關聯。

「組長！早安。」康少勤踏進辦公室。

「你那邊有什麼發現？」

康少勤聳聳肩，說：

「這兩天劉雪兒都正常上下班。下班後，她也直接回家，沒看到她跟誰見面。」

歐陽鳳拿出一張地圖，地圖上有紅筆標出一個定點，以定點為中心，畫出一個圓圈，她向康少勤說：

「喏，這地圖方圓五十里以內，請你找出附近的醫院，逐一過濾。」

康少勤攏起眉頭，不解的看著歐陽鳳：

「這是什麼？」

歐陽鳳比劃著地圖，說明著：

「這個定點是陳義銘的公司，一點多他騎著摩托車去看醫生，到三點多，他打了電話回公司。」

康少勤看著地圖，用手比劃一下，只聽歐陽鳳又接口：

「我們假設他看完醫生立刻打電話回公司，這當中共有兩個小時。在這兩個小時中，扣掉看醫生的時間，那麼以機車的車程，可能跑多遠？」

歐陽鳳說著，手指頭在地圖上比劃著，又接口：

「因此我擴大許多距離，看來應該夠了，以這方圓大概可以找出來，他去哪家醫院看病。我需要他的病歷，這件事就拜託你了。」

輕輕咧一下嘴，康少勤點頭。

歐陽鳳拿出手機打開，螢幕出現一張年輕男人的臉，她讓康少勤看：

「另外，這個人叫小朱，全名是朱昇海，他跟死者是同事，常常吵架，應該說，兩人間有心結，也請你一併盤查他的底細。」

心裡縱然有意見，康少勤還是大聲道：

「是！長官。」

「因為我要去一趟嘉義。」

康少勤訝然道：「啥？嘉義？」

接著，歐陽鳳簡略向他談起，陳義銘跟朋友約去釣魚、烤肉，回來才出現嚴重的狀況，因此，不排除他的死，跟朋友有關聯。

康少勤一面聽，一面點頭，聽完，他感嘆地說：

「組長，看妳，不惜跟局長……唉，我的意思是，妳馬不停蹄，這麼認真的查案，陳義銘地下有知，不知該有多感動。」

「這是我的責任，不要說我們領納稅人的錢，站在人道立場上，我們也該盡一份心力。」

康少勤頻頻點頭。

「如果他是自然死，當然沒話說。反之，他若是被害死，冤屈得以申明，少勤，你的功勞得以記一大筆。」

一番話說得康少勤又慚愧、又高興，不過，當他轉身準備走出辦公室時，心中浮起一股隱憂：

局長的問題呢？

然而，外面天空上，亮燦燦的陽光，立刻驅走他心裡的隱憂。

一切有組長罩住呀！

◆

嘉義民生社區是個不大不小的社區，歐陽鳳照著地址，找到了王清住家，但是她按了很久的電鈴，也沒人出來應門。

歐陽鳳拿出手機，照記事本上的電話，撥通王清的家中電話。

依然沒人接聽。

懊惱的掛斷電話，歐陽鳳想：應該早點跟王清聯絡，現在只好等他回來了。

在等的過程中，幾位鄰居經過，皆投來好奇的眼光，歐陽鳳看準其中一位純樸的阿嬤，問道：

「請問，王先生不在家嗎？」

「妳誰呢？」一阿嬤上下打量歐陽鳳，她帶著濃濃鄉土音。

「呃，我叫阿鳳。」

「阿鳳？妳好漂亮呢，找他什麼事呢？。」

「一點小事，妳知道他什麼時候回來嗎？」

「不知道呢。他呀，最近很忙呢。」

「喔？忙生意啊？那很好呀。」

「阿鳳，妳改天再來吧，我看，他可能很晚才會回來呢。」

歐陽鳳一聽，眉頭都皺緊了，阿嬤見狀，好心的說：

「要不要來我家等他呢？」

「打擾妳，方便嗎？」

「來來，我家住附近。不要客氣呢。」

歐陽鳳想著，也許可以從鄰居口中，探聽出些消息，便舉步跟著阿嬤走。

一進阿嬤家，她就倒了杯水給歐陽鳳，問：

「妳來找他收驚呢？」

「啥？妳說什麼？」

「我說，妳來找王先生問事嗎？」阿嬤忽然低下聲音：「還是要化解什麼疑難雜症呢？」

「我……」歐陽鳳猶豫了一會，尚未回話，阿嬤又接著說：

「是有人告訴妳來找他呢？王先生是道士呢。」

「啊！」歐陽鳳訝然的張著小嘴：「道、道士？」

「對啊，他家有神壇呢。我家小孫子不管是受驚、風寒、消化不好、拉肚子，找王先生就對了。」

「喔！」歐陽鳳總算聽明白了，這更引發她許多聯想。

歐陽鳳旁敲側擊，問了些話，卻都不得要領。

等不到三小時，王清夫婦回來了。

一跨入王家，就看到客廳當堂，擺了一只大神桌，神桌上有神像，案上都是法器：引磬、鈴鐺、搖鼓、桃木劍、幾本符咒書等。

左邊有個小小客廳，三個人落座，王太太端來茶水。

歐陽鳳遞出證件，王清原本削瘦的臉，驀地縮皺一圈。他轉頭，與他太太對望一眼。

歐陽鳳單刀直入地問：

「認識陳義銘嗎？」

王清兩夫婦，臉上都一暗，同時點頭。

「你知道他死了？」

王清再次點頭，神色愈來愈轉成灰黑色。

「你們認識多久了？他週五死亡，之前週六、日來找你？」

王清尚未說話，王太太就接著說：

「我們是多年好朋友。從以前認識開始，就常常約出去玩。」

「他這個人好相處嗎？死前有甚麼特別的狀況？」

「我們……」

王太太話說一半，被王清阻止，他慢騰騰的開口：

「他是個好好先生。個性好，人又溫和，就是這樣，我們才會常常相約出去。」

歐陽鳳點頭，一面掏出記事本、筆。

「你們通常都約到哪？週六、日又到哪？」

「大都相約去郊外遊玩，週六他去台南找老許，老許打電話給我，相約週日一起去釣魚。」

「那時候，他身體狀況怎樣？」歐陽鳳突然問。

「這個……他向來身體很好，沒聽他有什麼病。」

歐陽鳳翻一下記事本前頁，那就是說，陳義銘週日回家後，才發生身體不適。

「對了，三月中，我們通過電話，他常抱怨說，心情很糟。」

「為什麼？」

王太太接口，說：

「聽他語氣，像是跟未婚妻之間有問題。」

「他想解除婚約。」王清補一句。

「他有說原因嗎？」

王清夫婦對望一眼，雙雙搖頭。

「他妹妹，芳芳小姐說，週日晚上，陳義銘回家，睡到半夜，忽然大喊大叫？」

王清一張瘦臉，驀地乍紅乍白，抖索著唇，張的大大地，不只是他，連王太太的臉色，都變得萬分難看。

歐陽鳳犀利眼神，在他夫婦間，搜尋一遍，口氣沉穩又逼人地問：

「週日，你們發生了什麼事？」

「我們……」

◆

四月初二，週日，初春的天氣很不錯，陳義銘和許立財夫婦，跟王清夫婦會合後，五個人開兩部車子，浩浩蕩蕩的直奔高雄、岡山的一處溪邊。

那時，已經是下午二、三點左右。

卸下各種裝備後，負責釣魚的是陳義銘，王清夫婦準備烤架、木炭、生火；許立財夫婦找地鋪塑膠布、各式食材。

剛開始，陳義銘只釣些小魚、小蝦，許太太還笑他說：

「耶，阿銘，虧你平常釣技那麼好，今天是怎樣？成績很差哩。」

「就是，看樣子，」王清大聲接道：「咱們今天準備吃肉就好了，別想吃到魚。」

真的，陳義銘也感到今天很背，老是釣不到大尾的。

「喂！阿銘，」王太太忽然冒出一句：「我看，你還是乖乖娶了蔡小姐吧，人家說，遇到喜事精神爽。你想解除婚約，我看，會厄運當頭喔！」

「妳別烏鴉嘴啦！不要亂講。」陳義銘很不爽，大聲回應道：「等一下，我釣條特大尾，看誰厄運當頭。」

「好啦，都算了吧，今天高高興興出來玩，不要盡說些晦氣話。」許立財說。

他的話，堵住眾人的嘴。

果然，黃昏時分，陳義銘忽覺得釣桿特別沉重，他奮起全身力道，用力拉上釣線，大叫：

「哇！快來！快來！大尾、大尾啦，哈哈——」

大夥全都靠近來，七手八腳的忙成一團，是一尾特大的吳郭魚，足足有四公斤多。

陳義銘揚聲炫耀自己的釣技，其他人一致附和，對他讚賞有加。

眾人沸沸揚揚，吃吃喝喝，說說笑笑，不亦樂乎。

王清負責烤魚，等他烤得差不多時，天色更晚了，這時候，將近五點多，山林溪邊，天色暗得快。

烤好魚，端上盤，王清、許立財、陳義銘三個人痛快的吃起來。

忽然，隨著陰寒山嵐，傳來一縷陰惻惻聲音：

『魚、肉、好、吃、嗎……』

五個人同時停住手中竹筷，你看我、我看你。

「誰？是誰在說話？」王清眨巴著眼，問。

所有的人一致搖頭。緩了一會，有人舉起木筷，正準備再夾魚肉之際，那縷陰冷、悽惻聲音又響：

『魚、肉、好、吃、嗎……』

赫！這會，大家都聽到了，而且清楚、分明，大家四下尋找起周遭、背後、附近山岩、樹林……

「啊！哇呀——」陳義銘丟了木筷、往後一跳，顫抖的手，指著盤子內：「看！看！是它、是它在說話！」

大家的目光，隨他的手指，望向盤內的魚，這時，已被烤熟了的大吳郭魚的嘴巴，竟然一開一合，又發出陰惻聲音：

『魚、肉、好、吃、嗎……』

刹那間，吃過魚肉的三個男人，頓感到肚內五臟六腑，一陣翻騰、作嘔，接著，全都大吐、狂吐起來。

沒有吃到魚的許太太，和王太太，驚嚇的躲得遠遠，雙眼不可置信地盯緊盤內的魚。

吐了一陣，王清抹抹嘴，「呸！」一聲，他沒說話，但胃裡就是非常難過！

陳義銘吐了一陣，感到天旋地轉，極度不舒服；許立財也說，肚子內好像被人摳、搔、挖，讓他很難受。

王清看他兩臉色慘白，加上兩個女人都很害怕，手腳不住的發抖，他遂說道：

「趕快收一收，去看醫生吧。」

其實，他也很難過，只是在眾人面前裝勇敢。

難道，陳義銘的真正死因，跟這次的釣魚事件有關？

但是，靈異之說，無稽之談，向來不足以取信呀。

辭出王清家，天已經黑了，歐陽鳳先撥一通電話回刑事警局報備，再去搭車。

在車上，她一面回想王清在敘說這件事時，滿臉驚恐至極，看他樣子，不似說假。

他說，週日當晚回到家，他半夜不斷驚醒數次，次日，人又發燒，看了幾趟醫生，才退燒。

他還強調，跟死者是多年好友，隔週週日（四月九日），也就是芳芳報警那天晚上，他打電話去找陳義銘，卻驚聞陳義銘死亡消息。

陳義銘的死，讓他接連幾天，都睡不安穩。

另外，當歐陽鳳問他夫婦，最近都忙些什麼時，卻支吾老伴天，還語焉不詳。

這當中，讓人不得不懷疑，有內情！

接著，歐陽鳳拿出記事本，一面看、一面沉思、一面整理、記錄明日行程。

首先，必須跑一趟醫院求證。

其次，歐陽鳳直覺感到，釣魚事件，應該無關陳義銘與同事之間的事件，因此，有必要再找小朱問話。但首先要跟康少勤溝通，看他跟蹤小朱的結果如何。

大致擬定好了，她才往後靠著椅背，略微休息。

次日，歐陽鳳到辦公室，簽到後，立刻去找康少勤：

「查出醫院了嗎？」

康少勤搖頭，拿著地圖，向歐陽鳳報告：

「我先找這個圈圈的東半邊，這裡大約有六間醫院，都沒有陳義銘的看病紀錄。」

歐陽鳳頷首，康少勤接著說：

「今天，我準備找西邊部分，如果他真的看過醫生，應該會找得到。」

「辛苦了。」

「下午下班時間，我到『上尚廣告企劃社』外面等，朱昇海大約近七點才下班。」

接著，康少勤說他一路跟蹤朱昇海，他家住在不遠的郊區，確定他家地址後，康少勤就到管區派出所，向值勤人員調出朱昇海的個人紀錄。

「據管區警員所稱，朱昇海高中時，混過幫派，是校內頭痛人物，不過，他秉承著『盜亦有道』原則，向來不欺壓弱勢。高中三年期間，他有好幾次的打群架被抓紀錄。」

「喔？這個就是不良紀錄了。」

「並沒有。他的單親媽媽一再向警方、校方求情，並保證她一定會好好管教小孩。」

「准了？」

康少勤點點頭，說：

「因為事情不大，只是小朋友互看不順，互相叫囂而已，沒有人受到傷害，雙方人馬被校方記支小警告，訓誡他們，不准再犯，否則要送到警察局。」

「就這樣，擺平了？」

「嗯。組長覺得，有必要跟朱昇海談談？」康少勤問到：「要的話，我今天晚上去找他？」

「好！拜託你了。我想知道他跟陳義銘之間，有什麼問題。」接著，歐陽鳳低聲說：「我今天要到另一家醫院。」

「哪家？」

歐陽鳳簡單說明，昨晚，王清告訴她的事件，加上王清是道士身分，康少勤聽的悚然動容：

「啊？有這種怪事？那可有趣了。」

歐陽鳳點頭，康少勤忽然壓低聲音：

「昨天，局長要找您。我把他給搞定了。」

「找我什麼事？」

康少勤抽出一封信，交給歐陽鳳，說：

「小事。請妳到鑑識處比對這封文件。簡單吧？」

「謝了。改天請你吃飯。」

接著，兩人走出辦公室，分頭辦事。歐陽鳳去找王清說的那家醫院。

這是一家地域性的小診所，歐陽鳳遞出證件，醫院相當配合，不但拿出當天病歷，連醫護人員都特別撥時間，向歐陽鳳解說。

病歷共有三張，是當天去釣魚的五個人中的三人：陳義銘、王清、許立財。

醫師診斷，三個人都患了急性腸胃炎，以致狂吐。

醫護人員在一旁，細細說出當天情形：

五個人到醫院時，已經是下午七點，掛了急診後，他三個人臉色鐵青，不斷向醫護人員述說：

「我們遇到不可思議的恐怖事情，你想，一隻魚烤熟了，竟然還會開口說話？嚇死人了！」

在醫師診治時，他們還不斷重複這些話，別說醫師，連一旁的醫護人員都不信。

於是，王清拿出相機，按下按鍵，拿給醫師們看。

「結果呢？」歐陽鳳問醫護人員。

「嗶！照相機裡，一隻好大的魚，魚身上被筷子夾過的部分，浮現出一張老太太的臉，真的，有眼、鼻、嘴，歷歷在目。」

歐陽鳳攏聚著眉心。

「他們五個人全都看到，那隻魚，魚嘴還一張一合地開口說話吶。」

醫護人員所講的，跟王清敘述的一樣。

歐陽鳳指著陳義銘的病歷，問：

「那，這個人呢？有沒有什麼特別的病症？」

「沒有。那時候，醫師並沒有做其它檢查，他看起來一切正常。」

她歐陽鳳不禁想道：

相機的事，王清怎麼沒說？

陳義銘有什麼病況，只能仰賴康少勤搜尋的那家醫院了。

謝過醫護人員，她離開了。

第五章

康少勤遞出刑事探員警徽，向朱昇海道：

「可以跟你談談？」

朱昇海頷首，雙手插在牛仔褲袋內。

兩人走到僻靜巷口，康少勤直接問：

「陳義銘是你同事，請問你跟他相處得怎樣？」

低著頭的朱昇海，忽然抬起臉：

「他死了，我有嫌疑，是不是？」

「每個人都有嫌疑。我需要了解死者生前的每件事、跟他相處的每個人。」

「我知道他是心臟麻痺死的，又不是被害死。」朱昇海語氣、眼神，濃濃的露出一股叛逆氣焰。

康少勤盯住他，很不客氣地：

「你高中時，在學校有紀錄。後來就安分守己，沒有再發生任何事件。我會等在公司附近，就是不想驚擾你媽媽。」

朱昇海嘴角輕輕抽動，沒答話，不過，神態收斂許多。

「其實，只是例行公事而已，你不必太過緊張。」

「我才不緊張！我又沒有害他。要怪，應該怪他自己。」

「喔？你知道他有跟人結怨？」

「他……」朱昇海忽然頓住。

「希望你把你知道的，詳細說明。這樣對我們辦案，也許有幫助。」

「跟我啥關係？」

「不要這樣說，畢竟他跟你同事過。就算你們兩人相處不好，也算是一種感情，不是嗎？」

「呸呸呸，誰跟他有感情誰倒楣。」朱昇海突然道。

康少勤一愣，接不上話，頓了頓，問：

「四月七日、八日、九日這幾天，可以交代一下，你在哪裡嗎？」

「七、八、九……」朱昇海眨眨眼，想了想：「我在公司加班。」

「陳義銘呢？也加班嗎？」

朱昇海突然笑了笑：

「你沒問李先生？他應該很清楚吧。」

「你再這樣刁難，我可是要直接到你家訪問囉。」

改邪歸正的人，通常都不喜歡讓家人擔心，尤其是長輩。

康少勤知道他的弱點——他不會想讓母親，看到警察上門找兒子。

果然，朱昇海聞言，臉色乍變，隨即又一斂。

「週四、五兩天，我晚上都加班。他沒有加班。連續那兩天，他精神很差，早一步下班。」

「你加班到幾點？還有誰加班？」

「十點多，我跟大朱，多了一份陳義銘的份，這些工作，是週一要跑的行程，那晚一定要準備好所需的資料。」接著，朱昇海又說：「八、九兩天是假日，我跟兩位朋友出去。他們是……」

康少勤記下他朋友的名字、住址。

康少勤由此可以確認，朱昇海被排除犯案的可能。他又問道：

「大朱呢？跟陳義銘相處好嗎？」

「相處不錯。說到他們兩個，我還真服了大朱，竟然可以跟這種人這麼好。」

康少勤點頭，轉問道：

「剛剛你說，陳義銘這個人難相處。不過，聽起來不像你說的這樣。」

「就是太溫和，讓我看不慣！」

「哦？怎麼說？」

朱昇海皺皺鼻樑，一副無所謂狀：

「我也說不上來，總之，我不喜歡他。」
「你常跟他爭吵？為什麼？」
朱昇海略微一頓，眼光飄向天空，一會，才點頭：
「我就是看不慣他那死樣。」
「他已經死了。」康少勤故意說著。
果然發生效力，朱昇海臉容微頓，接著變色。
「現在，你是在幫他，如果他有知，一定會很感激你。」
「總之啦，我跟他就是很難相處。」
「嗯。人和人之間的相處，也要緣分。你跟他爭吵的原因是？」
朱昇海望地下一眼，又抬眼，放低聲音說：
「我曾笑他『娘炮』。」
康少勤頷首，把重點記錄下來，就告別了朱昇海。

◆

終於，他出來了！
守候多時，看到他，歐陽鳳立刻精神一振。
王清跟他太太，踏出家門後，招了一部計程車，車子往郊外揚長而去。歐陽鳳也招一部計程車，緊緊跟隨著。

不久，到了一間寺廟，王清夫婦下車，走進去。

裡面信徒很多，歐陽鳳混在信徒堆裡，到處走動，順便巡視。終於，她在寺廟後殿，看到王清夫婦，跪在神壇前，寺廟住持口中喃念有詞。

住持手中拿了三支香，一會向神像祭拜、一會向王清夫婦頭頂上繞圈。

歐陽鳳退出來，在正殿上守株待兔。

好一會，王清夫婦走出寺廟，歐陽鳳追上一步。

寺廟後面，是一片幽靜林木，歐陽鳳跟王清夫婦，到涼亭落座。

「你到這裡來是？」歐陽鳳望著王清，問。

王清神色蒼白，欲說還止。歐陽鳳轉望王太太，王太太看一眼丈夫，輕聲說：

「我們來收驚。」

原來，剛剛是收驚的儀式，歐陽鳳差點失笑，卻硬忍住，好奇問道：

「我記得你的職業是道士，怎麼你自己跑來找人收驚？」

王太太癟一下嘴角，搖搖頭。王清嘆了口氣，說：

「組長，妳不知道，這件事有多恐怖。」

「你們到溪邊釣魚這件事啊？」歐陽鳳接著說：「你說那條魚會說話，可有證據？」

王清咋咋嘴，搖晃著頭：

「有呀！我……」

說了一半，他頓住了，表情有些駭怕地望望周遭。

「怎麼說一半？這麼久了，你還怕？」

「當然怕！組長，陳義銘都被它弄死了，我怕下一個是我。」

歐陽鳳淡然一笑。

「我那天吐得亂七八糟，難受得差點掛掉，我很不信邪，當場拿出相機，拍下那條魚。後來去醫院，醫護人員不相信我說的，我秀出照相機，嘩！相機裡，魚身上被筷子夾過的部分，浮現出一張老太太的臉，真的，有眼、鼻、嘴，歷歷在目。」

歐陽鳳點頭，伸出手：

「照相機呢？能讓我看看？」

「唔，組長，妳聽我說完。回家後，連續幾天夜晚，我都作惡夢，夢見那個恐怖的老太太，這樣……」說著，王清伸長雙臂，手指做勾狀：「她要向我索命！我一直跑，她一直追。」

王太太現出害怕臉色，不住點頭。

「週一早上，我自己還做了場法事，結果沒用，晚上她又來找我索命，害我沒睡好，我太太看這樣子，建議我去寺廟，我們這才去寺廟收驚。」

「週一一大早，我打電話給阿財，他家倒沒發生什麼事。」王太太接口說。

「我認為應該是照相機的關係，本想要刪掉，」王清說：「阿財要我把相機寄給他。」

歐陽鳳呼了口氣，問：

「陳義銘那邊呢？」

「那幾天，我們都沒有聯絡。直到四月九日，星期日晚上，我撥電話到阿銘家，他妹妹說他……」

「我猜，是不是阿銘釣的魚，而他，」王太太指著丈夫：「吃的魚肉最多，鬼才找上我們和阿銘？」

「好了！好了！不要再說了。」說著，王清打了個顫抖。

◆

雖然王太太說阿財家沒發生什麼事，這一天，歐陽鳳還是到台南市區，找許立財求證。

許立財是黑手，開了一間機車修理店，看來，生意不錯，歐陽鳳到達時，許立財正忙得不可開交。

許太太把歐陽鳳請入裡面，小小會客室，堆滿雜物，顯得空間非常狹小。

接過許太太送來的咖啡，歐陽鳳遞出警徽，許太太似乎相當意外，態度立刻變得拘謹、恭敬。

「喔！組長大人，妳好。」

「不要緊張，沒什麼事。」

「是是。」

「妳知道，陳義銘走了？」

許太太臉孔一暗，點頭。

「我想請問妳，關於他去世的原因。可以嗎？」

許太太點頭：

「我們相約去高雄岡山釣魚、烤肉。遇到鬼。」

歐陽鳳看著她，沒有駁斥她的話，讓她繼續說下去。

「真的，這件事很可怕，如果不是親身遇到，絕對沒有人會相信。事情發生的當天，我們去看醫生，連醫生都不相信。」

「妳認為，陳義銘的死，跟這個有關係？」

許太太用力點頭，臉上出現恐怖神色，忽壓低聲音：

「阿銘就是被那個老婆婆鬼給抓走了。」

「去烤肉的還有誰？」

「阿銘、我們夫妻，還有王清夫妻。」

「那隻鬼，單單抓走陳義銘？」歐陽鳳語帶犀利地：「妳和王清兩對夫妻，都沒事？」

許太太驀地一頓，這時也想到……對啊！為何那隻鬼，要抓走阿銘？

「可以請妳說一遍那天的事嗎？」

「週六阿銘來我家，晚上跟我先生一起喝酒，這當中，我聽到他一直抱怨，說心情很差。」

「為什麼？」

「還不是為了他的未婚妻。之前就聽他說過，想解除婚約，可對方不肯，還要他賠償五十萬。這個很沒道理。」

「妳知道，他為什麼要解除婚約？」

「阿銘說，他兩人個性不合，只交往一個月，對方就逼他訂婚。對方父親還親自出馬，探詢阿銘解除婚約的理由。」

「我聽說對方很有錢，他未婚妻又漂亮，這麼好的對象，阿銘怎麼會反悔？」歐陽鳳故意說。

「細節我們也不太清楚。這些都是阿銘說給我們聽的。」

歐陽鳳頷首，說：「後來呢？」

「喝了酒之後，阿銘心情好很多，就向我先生建議，想去郊外烤肉，我先生當場答應，還撥電話給嘉義的王清，相約隔天去高雄。」

接下來，許太太說的內容，就跟之前王清說的一樣。

不久，許立財送走客戶，洗洗手，走進會客室。許太太忙說道：

「阿財，這位是刑警大隊，偵三隊小組長。」

歐陽鳳跟他點點頭，客套一番，並道明來意。

許立財坐下來，搖搖頭，說：

「組長，妳知道，自從遇到這件怪事後，我都不敢再去釣魚，就連靠近溪邊，也很害怕。這是我這輩子，遇到最詭異的事情。」

接著，許立財又覆述一遍剛剛許太太說的內容，歐陽鳳很有耐心的，又聽一遍。查案就是這樣，在幾個人的敘述中，若有差異處，往往可以抓出些蛛絲馬跡。

「聽說，你們有照相？」

「是啊，阿清的照相機在我這哪。」

說著，許立財進內室，拿出照相機，按下開關，拿給歐陽鳳看，歐陽鳳看到相機裡，一條大大的、烤熟了的魚，魚身上被筷子夾過的部分，浮現出一張老太婆的臉，有眼、鼻、嘴，歷歷在目，看了令人心頭大驚。

「組長，那時候，它還會說話，真的，我們所有的人，都聽到了。」許立財說：

「我準備把照片洗出來，貼上網路，太可怕了。」

歐陽鳳把相機還給許立財，笑笑，說：

「你不怕它找上你？」

許立財和他太太，頓然無語。

「嗯，這個……是有點不可思議。」

「所以，你們想，光憑吃了這條魚，陳義銘就會死，可能嗎？」

「我在想，會不會是那條溪水有毒？」歐陽鳳說：「當然，這還要經過檢測。」

「可是，我們以前去過好幾次都沒事哩。」許立財現出不解神色。

「請問，你們跟芳芳熟悉嗎？」歐陽鳳忽然口風一轉，問。

「阿銘的妹妹？」許立財一愣，說：「我們只知道阿銘的父母去世後，剩下阿銘和他妹妹，兩人相依為命。」

「他兩兄妹相處怎樣？」

許立財夫婦對望一眼，同時搖頭，許立財說：

「不清楚。我沒問過阿銘。阿銘也很少提到他妹妹。」

「他父母有留下財產？」

「就他們住的那間公寓。」

「公寓是誰的名字？」

「他兩兄妹共有。」

歐陽鳳點頭，這些其實到地政一查就知道，只是，歐陽鳳想由朋友口中，直接知悉陳義銘的家裡狀況。

「所以，陳義銘亡故，那間公寓就由他妹妹繼承。」歐陽鳳輕聲說。

靜默了一會，歐陽鳳又問：

「溪邊回來後，就是三、四、五、六那幾天，你跟陳義銘可有聯絡？」

「溪邊回來……」許立財陷入沉思中，許太太接口說：

「有啦，禮拜三晚上，阿銘有打電話過來，是我接的。我聽他說，他每晚都遇到恐怖的事情。」

「對對對！組長，妳剛剛也看到，客人隨時會來，我幾乎每天都很忙。」

歐陽鳳問道：

「陳義銘遇到什麼恐怖事？」

「他說，週日回去後，連續幾晚晚上睡覺時，雙眼一閉，就看到一位老婆婆向他索命。」

歐陽鳳攏聚眉心：「魚肉上面那個老婆婆？夢境嗎？」

許太太搖頭：

「不是，他說一閉上眼，老婆婆就出現，甚至……」

「妳直說沒關係。」

「是。我是聽他說的。」接著，許太太詳述陳義銘向她說的……釣魚回來後，他幾乎每晚都受到騷擾，因此，早準備了一把水果刀，置放在床邊小茶几。

連續幾天都很累了，有一天晚上，阿銘正乏累的昏昏欲睡時，忽然，感到有人抓他臂膀，愈抓愈往上，攀向他頸脖，接著，直接捏住他的喉嚨，他無法呼吸，極端痛苦之下，他大喊著醒過來，喉嚨才略為鬆開，他乍然看到一隻慘白的骷髏手，握緊自己的頸脖。

當下已有準備的他，迅速抓起床邊小茶几，預放的那把水果刀，一刀刺向骷髏手。

骷髏手正好就在他的頸脖，因此，他刺到自己脖子，痛的狂喊、大叫。打開燈光後，骷髏手不見了，由於他太疲累了，很快躺倒床上，想睡，不料，一闔上眼，老婆婆的臉立刻出現。

許太太這一說，歐陽鳳聯想到報案當日，床邊小茶几上，那把水果刀沾到的，正吻合死者本人的血液。

這對歐陽鳳來說，未嘗不是一大突破。

「所以，我說，阿銘被鬼弄死的。」許立財低聲說。許太太也猛點頭。

歐陽鳳心裡明白，死者頸脖上的刀傷並非致死原因。她又再次確認，問許太太道：

「妳說，陳義銘在週三晚上打電話給妳？」

「是！沒錯，我記得很清楚。那時候，立財在修客戶的機車，沒空接電話。」

歐陽鳳提筆，記在記事本上。陳義銘在週五晚上去世，因此，週四、週三這兩天，他跟誰聯絡過？發生什麼事？顯得特別重要。

歐陽鳳又問：

「他還向妳說了些什麼話？」

許太太搖頭，搖了一半，忽然想起，她接口，說：

「對了，電話說到一半，他跟我說：『呀！有人按我家電鈴，不說了。再見！』」

歐陽鳳雙睛一亮，忙問：

「那時候幾點？」

「嗯……大約八點多左右。」

◆

窗外車水馬龍，行人如織，好不熱鬧。

只是坐在店裡的人，心情卻很鬱悶。

「組長，妳查出什麼了嗎？」劉雪兒紅著眼眶，迫不及待的問。

「目前還沒有。」歐陽鳳口吻清冷地回。

聞言，劉雪兒的淚掉了下來。她頻擦拭著淚。

「以我向各方查證的結果，都說陳義銘的死，跟他週六、日去釣魚、烤肉有關。」歐陽鳳徐徐地說：「目前為止，幾乎找不出來有誰涉案，殺了他。」

劉雪兒努力睜大眼，可惜，淚水模糊了她的視線，抽噎著說：

「他那麼年輕……病死？我絕不相信，他那麼健康的人，不可能……」

「陳義銘向妳提過去釣魚這件事嗎？」

劉雪兒點頭。

「那兩天，妳怎麼沒有跟他去？」

「我家裡有事，走不開。」

「什麼事？方便說嗎？」歐陽鳳犀利雙睛，緊盯住劉雪兒。

「也沒什麼事，我弟弟跟他女朋友吵架，兩人鬧著要分手，他女朋友說週六或週日要來我家。我媽要我留在家哩，當他們的和事佬。」

「喔，結果呢？」

「他們又和好了，倒是義銘卻……」劉雪兒舊淚未乾，新淚又湧出來。

「妳不要哭了，人都已經走了，妳身體重要。」歐陽鳳說，她發現劉雪兒比之前更瘦了。

點點頭，劉雪兒勉強抑住悲傷，拿起飲料呷著。

歐陽鳳翻著記事本，想到許太太說的，週三晚上八點多，有人按陳義銘的門鈴，這個人是誰？

有可能是劉雪兒；也有可能是芳芳回家，但是，芳芳應該有鑰匙吧？

「四月五日週三晚上八點多，妳人在哪？」

劉雪兒抹著淚，一面回想：

「我在家裡，我媽感冒了，她叫我下班時替她買感冒藥。所以，我整晚都在家裡。」

「這樣呀？那妳有跟陳義銘聯絡過嗎？」

「稍早。大約六點半左右。因為之前幾天，我聽他一直抱怨，說睡不好要去看醫生，還說想請醫生開給安眠藥什麼的。」

「安眠藥？所以，妳在週三那天，才知道他遇到恐怖事件？」

「不！週一上午，我打電話到他公司，他就跟我說去釣魚遇到恐怖事件。」

歐陽鳳翻著記事本，公司裡大朱曾提過，這一點倒相符合，她又問：

「他還有提及其他的事？」

「有，我問他，到底是什麼恐怖事讓他睡不好。他說，他去釣魚、烤肉，遇到鬼。還說，如果再無法睡覺，就要吃安眠藥了。」

「妳相信嗎？」

「當然不信！不然，我哪會向您報案說，他是被人害死的。」劉雪兒接話，說：「義銘信誓旦旦的說，去烤肉的五個人，都親眼看到魚會開口說話。吃下的魚肉，讓他們全都嘔吐了，還去看醫生。但是，其他人呢？為什麼只有義銘死了？」

歐陽鳳頷首，淡然說：

「記得我們第一次見面，好像沒聽妳提起這件事？」

「我認為鬼神之說，純屬無稽。一個好端端的人，會被個鬼弄死？我不信！」劉雪兒更篤定的說：「尤其，義銘的身體很健康，平常沒聽過他有什麼毛病。」

歐陽鳳慢慢收起筆、記事本，劉雪兒含著淚，一再請託之下，她答應會盡力查清楚陳義銘的事件。

◆

歐陽鳳拿出封面上編號ＨＢ２００１３５的公文，然後，她走到辦公桌前坐下，攤開來。

她的思緒，也如跑馬燈般，同時開展起來。

即使答應了劉雪兒，可是，以眼前看來，死者的周遭朋友、包括未婚妻家人、同事們，幾乎都有不在場證明。

探查結果，儘管任何人都有嫌疑，卻也任何人都有不曾涉案的證人！

略一尋找，她看到了楊法醫的紀錄，寫著：致死原因是「心臟麻痺」。

頸脖處有三道刀傷，兩道是稍早形成，另一道是新傷痕。

所以，新傷痕是週五晚上；另兩道傷痕應該是週五以前的。可是，化驗結果，死者體內並無安眠藥成分，他卻曾跟劉雪兒說過：

「再無法睡覺，就要吃安眠藥了。」

收妥公文，另一個問題浮上來，困擾著她：

到底四月五日週三晚上，誰去找死者？

於是，她打電話給蔡佳珍，寒暄幾句話，直接導入主題，問她四月五日週三晚上在哪。

電話中，她沉思了一會，揚聲說道：

「我本來準備去找義銘。」

歐陽鳳的心，一下子熱絡起來，接口問；

「結果呢？」

蔡佳珍口氣低落，聲音依然高吭地說：

「我爸不讓我出門，他說他訂了一桌宴席，請幾個朋友一起吃晚餐。」

「哦？吃晚餐啊？訂哪家餐廳？」

「XX餐廳。」蔡佳珍說：「我原本不想去，他硬要我去。去了才知道，原來，他安排他的朋友——林伯伯的兒子，跟我認識。」

歐陽鳳心裡嘆道：真是天下父母心。口中說道：

「妳爸很關心妳，擔憂妳心情不好，關心妳的未來。」

蔡佳珍沒接話，歐陽鳳接下來，轉著彎，問：

「那，一桌只有你們四個人嗎？」

依歐陽鳳想法，搞不好，蔡老先生來個調虎離山計，讓小達或其他人去找死者。

「一共有八個人。我爸、我，林伯伯夫妻，和他兒子，還有小達三個人。」

「哦，這桌宴席，有多重意義。」歐陽鳳接口說：「包括慶功宴呢。」

「什麼慶功宴？」

「沒事。謝謝妳了，妳自己多保重了。」

掛斷電話，歐陽鳳陷入沉思裡。

不知道想了多久，她起身，跨出辦公室，逕自來到「上尚廣告企劃社」。

李老闆正準備出門跟客戶洽談，看到歐陽鳳，又留下來。

「稀客！組長，來來，請坐。」

「不好意思，打擾你。」

「不不，別這樣說，案子辦得如何？」李先生倒了杯熱茶，一面問。

「嗯，還在調查中。」歐陽鳳直接問道：「可以請教你幾個問題嗎？」

「當然，沒問題。」

「以你的看法，小朱跟陳義銘相處好不好？」

「嗯，還好。」

「小朱這個人怎樣？會很凶戾嗎？」

「還好。他在外面，我是不清楚，不過，在公司裡，大家都是同事，他應該不至於吧。」

頓了頓，歐陽鳳想，不能只問小朱，便又問：

「那陳義銘跟大朱呢？」

「喔，他們兩個就比較親近一點。有一次，我記得是陳義銘提出的業務，結果卻由大朱去跟客戶談。事後，我問起來，陳義銘沒說什麼，我只好問大朱，大朱才說出是陳義銘讓給他的。」

歐陽鳳一面聽，一面點頭不迭。

「哎！陳義銘這個人就是這樣，做了好事還不肯明說。」李先生搖搖頭。

「對了，您不是趕時間要出去？」

「沒、沒關係。」

「嗯，大概就是這樣了。以後有問題再麻煩您，我想問大朱、小朱幾個問題。」

雖然，康少勤私底下已訊問過小朱，可是，歐陽鳳覺得還是可以問一下小朱。

李先生讓大朱、小朱進會客室，道聲抱歉，就出門去。不久，大朱、小朱進來了。

歐陽鳳詢問他們兩人，關於四月五日週三那天晚上，他們的行蹤。

大朱說，那天，他妻子打電話給他，說小孩生病了，他六點下班，就直接回家，帶小孩去看醫生。

小朱想了老半天，不太確定的說，他記得下班後，就直接回家吃晚飯。

「是跟你母親？」

小朱點頭：「當然，我媽都會煮好晚飯，等我回家吃。」

「晚飯後，你有出門嗎？或是去找陳義銘？」歐陽鳳突然問著。

「找陳義銘幹嘛？我哪可能去找他！」小朱臉容微變，提高聲浪。

接觸到歐陽鳳犀利眼眸，小朱放低聲音，說：

「沒有，我沒有出門。我跟我媽一起看電視。看完，我就上床睡覺了。」

「電視演什麼節目呢？」

小朱歪歪頭，雙手一攤：

「忘了。我沒記那麼多。」

歐陽鳳向兩人道謝過，就離開「上尚廣告企畫社」。

不過，她在記事本上，特別打個星星記號，記錄著：

四月五日，週三晚上，小朱有嫌疑——去找陳義銘。

一面往刑事警察局走，歐陽鳳一面想：

有必要去找小朱媽媽求證嗎？不過依常理來說，通常媽媽會掩護兒子吧？

第六章

這裡環境清幽、溪水清澈，真的是處野外郊遊的好地方。

歐陽鳳仰首，看看頂上天空，林木高大而蒼鬱，附近岩石分兩邊，上游一道野溪水，從岩石夾縫，潺潺涓流而下，到了寬廣的此處，形成一個小水潭，潭水藍幽幽。

歐陽鳳探頭，盯著水潭，看了好一會，看不出什麼。

小水潭的水，繼續往岩石縫，向下游奔竄而去，叮咚清脆，異常悅耳。

應該是個令人心曠神怡的好地方，為何會出人命？

衛生局的檢驗人員——呂先生蹲在溪邊，撈著溪水，溪水透明如水晶，從他大大的手指流瀉下去：

「組長，依我的觀察，這溪水屬於活水，清澈又不帶雜質，照說，是沒有任何污染的問題。」

歐陽鳳看一眼身旁的呂先生，點著頭：

「我這外行人看，也是這樣。溪水沒有異味呢。」

「不過，眼觀、鼻聞，還不能作準，究竟還是經過檢驗，才能確定。」

歐陽鳳點點頭：

「很難想像，這樣的溪水會出人命？」

呂先生從包裏裡掏出一只精巧、細長的檢驗用燒杯，裝了些溪水，蓋緊、擦乾淨、收妥，才站起身來。

「要幾天，檢驗才能出來？」

「組長很急嗎？」

頓了頓，歐陽鳳故意推給長官，說：

「不急。只是局長那邊……」

「呃！知道了。檢驗其實很快的啦！」

「那就有勞您了。」

和衛生局的呂先生分手後，歐陽鳳直接回到刑警大隊的辦公室。

康少勤好整以暇的端坐著，在看報紙。

「組長，回來了？」

「嗯。」

康少勤向歐陽鳳報告他的調查結果。

朱昇海週四、五，跟大朱一起在公司加班，週六、日兩天，他跟朋友出外，他有人證，而且並無犯案動機。

說著，康少勤遞出朱昇海朋友的名字、住址，問：

「組長，需要去訪問他的朋友嗎？」

「暫時不用。」歐陽鳳接口問：「他們兩人相處情況呢？」

「他們兩人爭吵的理由，據小朱說，他笑死者『娘炮』。」

歐陽鳳眨眨眼，想到剛才康少勤說，小朱沒有犯案動機，得採保留態度了。

頓了頓，她又問：

「醫院方面呢？有沒有找到？」

「喔！在這裡。」說著，康少勤掏出一張影印紙，還不斷誇著歐陽鳳：「組長，妳太厲害了。醫院正好就在妳畫出地圖上的圓圈邊邊。」

這可是關鍵所在，歐陽鳳大喜，沒理康少勤的讚譽，她接過醫院處方單的影印，坐下來，仔細研看。

處方上方寫著病患的資料：陳義銘、三十四歲、地址、身分證等等。

病症方面，以英文字體寫著，歐陽鳳仔細瀏覽著，看得出來，是「心臟、血壓正常，心律輕微不整，亦即說心臟跳動稍微急促」。

因為太輕微了，不足以構成致命傷。

處方箋上，醫生開立：七天的安眠藥，另一瓶「血栓溶解劑」。

「怎麼會開安眠藥？」果然有開安眠藥，歐陽鳳盯著影印紙，問。

「醫生說心律症狀很輕微，不至於要命，」康少勤接著說：「但是，睡眠很重要。如果睡得不好，會引起胸悶、心絞痛、全身無力。因此開立安眠藥和這瓶藥，一共是七天份。」

「那除了睡眠，在什麼狀況下，會出現那些現象？」

「醫生說，他交代病患，盡量不要過度緊張，尤其是不要受到驚嚇。」

閃閃眼，輕吐一口氣，歐陽鳳忽想起一件事。

◆

康少勤拿出一只公文，置放在歐陽鳳桌上。

歐陽鳳打開厚厚的公文，拿出裡面一疊照片，逐一細細的辨認著。

「組長，妳看這些照片幹嘛？」

「你記不記得，芳芳報案那天，我們一塊去陳家，檢查死者房間？」

「嗯！記得，怎樣？」

「你可有看到藥？」

「什麼藥？」康少勤搔搔後腦。

歐陽鳳轉頭，白他一眼，明明是剛才說過的事，他竟然完全沒有聯想力。

「組、組長，我真的不知道，妳就告訴我嘛。」康少勤尷尬的露出笑容。

「呼，真的服了你！我問你，你去醫院幹嘛？」

「調、調查死者的病歷呀！」

「他什麼病？」

「心律不整，很輕微，不足以構成致命傷。」

「不錯！背得很正確。」

「然後呢？」

「醫生有開藥給他嗎？」

「就安眠藥加一瓶血栓溶解劑……呀！我想到了。」康少勤忽然興奮的低叫著。

「給你機會，你說說看，想到了什麼？」

「組長！妳說的，是不是安眠藥和血栓溶解劑？」

歐陽鳳讚許似的頷首，還誇他一句：聰明。然後，她轉首，認真的巡視著每張照片。

「我記得好像沒看到……藥。」說著，康少勤跌入回想中。

歐陽鳳一再反覆、細看了良久，最後，收妥照片，闔上公文，她輕敲著桌面：

「死者在四月四日週二下午，去看醫生，他在四月七日週五去世，這當中，前後總共四天，如果說，死者感到身體不適，應該吃藥，也只是吃了四天藥份，死者家裡，應該還有藥，對不對？」

康少勤猛地雙掌一拍，揚聲道：

「還有，我想到了，死者檢驗結果，體內沒有安眠藥成分，可見，死者沒有服用安眠藥。那麼，這藥，應該還在死者家中。」

歐陽鳳嘉許的看著康少勤，他興奮的說：

「組長，妳好厲害！」

「沒有啦，要歸功於你，找到死者看病的醫院。」

「嘿嘿……」傻笑幾聲，康少勤問道：「那現在呢？該從哪裡下手調查？」

「應該再去一趟芳芳家。」

康少勤臉色忽然一變，歐陽鳳問道：

「怎麼？」

「我忽然想起，局長在問，前幾天，給組長一封文件，要組長寫五百字的報告，」想起這，康少勤臉都綠了，惶急的問：「組、組長，我忘了向妳說……」

歐陽鳳打開抽屜，輕鬆掂起一封公文，拿給康少勤：

「喏！早寫妥當了。」

「啊！真的太好了！組長，真有妳的！我可是替妳緊張呀！」康少勤近似巴結地：「是讓我送進局長室？還是組長？」

「我待會要出去，這件公文就拜託你囉！謝謝。」

「不！不用客氣。屬下應當做的。」

「嗯？你不反對我繼續追查這宗案件？」

「組長，我覺得愈追查、愈有意思。」

「可是，我說句真話，有可能死者真的是因病而死，倘若這樣，我們這些心力，可都白費了，你沒關係嗎？」

「就算白費吧，組長，在調查過程裡，我覺得學了不少東西！」

「對了！這才重要。我們不計結果，只問盡心盡力了沒有。」

忽然，工友跨進辦公室：

「歐陽長官，外找。」

歐陽鳳和康少勤交換會心的一笑，她踏著輕快腳步，走向會客室。

◆

一位長相清秀，穿著整潔的男士，頂多三十出頭，看到歐陽鳳，忙起身，彎腰，向歐陽鳳遞出一張名片，同時說道：

「歐陽組長，妳忙，我還來打擾，很抱歉。」

名片上面清晰印著：

「XXX保險公司。襄理曾國強。」

歐陽鳳看一眼，手一攤，請他落座，自己也坐到對面沙發，開口道：

「曾先生？」

「是！是！」

「我記得不認識你，你怎會知道我？指名找我？」

「呀！當然知道，刑大偵三隊組長——歐陽鳳。」曾國強笑著：「聲名遠播，都說您又年輕、又漂亮，辦事精明，頭腦清晰，只要您接手的案件，一定……」

歐陽鳳俏臉沒有一絲笑容，她不想聽諂媚話語，截口道：

「誰介紹你來找我？」

「呃，沒有。」曾國強搖一下頭，說：「隨便一問就知道您。」

「你以為幹我們這行需要投保險？所以拉到我這來了？」說到後來，歐陽鳳俏臉都變色了。

「不不不！是這個……」

曾國強的臉跟著變色，不過他跟她變臉色的內涵不一樣。

說著，曾國強連忙打開隨身黑色公文包，拿出裡面透明夾內的一疊紙。

他掃一眼歐陽鳳，發現歐陽鳳一雙眼眸，始終冷冷盯著他。

他一雙白皙、修長的手，竟然不自覺的微微顫抖。

歐陽鳳看了，心裡不禁好笑。但表面上，她紋風不動，等他下文。

「這個。」

曾國強攤開文件，遞給歐陽鳳，指著一張文件下款簽名，歐陽鳳瞄一眼，倏地，整個人坐正，聚精會神的翻閱起來。

曾國強在一旁，絮絮接口說：

「我們公司，派我來追查這件事……想請您幫忙。」

一張文件是申請領保險費，申請人：陳芳芳。另一份文件，赫然是陳義銘的保險單，受益人就是陳芳芳。

「這張保險，什麼時候買的？屬性是什麼樣的保險？」歐陽鳳問。

「今年年初，保險金額共兩百萬。屬於儲蓄保險。若保險人生病、住院，這種保險是不理賠，除非被保人亡故。」

「年初……一月時買的？才繳了三個月？」

「對！死者那麼年輕，怎麼都想不到會……現在，受益人來請領，公司覺得有點問題，讓我來查查看。」

歐陽鳳頷首，這確是透著怪！

「是你替陳義銘辦理的？是他本人？」

「業務是我拉的沒錯。但是我只認識陳芳芳，本來，我是向她拉保險，當時，她也很積極，頻頻跟我聯絡。」

「喔，那時候，真該恭喜你，業績不錯嘛。」歐陽鳳酸了他一句。

曾國強苦著臉，卻不敢發作，接口說：

「我跟陳小姐約定見面談，哪知道，她說，是她哥哥要買保險，不是她。」

「哦？所以，買保險，陳義銘自己同意了？」歐陽鳳指著保險單上簽名：「這是他本人的簽名？」

「應該是吧。這張保險單，我交給陳小姐，她拿回去讓陳先生簽名，再交給我。」

「你是這樣做生意呀？沒搞清楚狀況？」

「我、我看到陳先生身分證資料，跟陳小姐說的沒錯，三十四歲而已。這麼年輕，誰都想不到會發生事故呀！」曾國強振振有詞地說。

沉思了一會，歐陽鳳起身，請曾國強等一下，她轉入辦公室，拿出一張請假單據，上面有陳義銘的簽名。

她太意外了！想不到，那天向李老闆要來的單據，居然可以派上用場！

兩人一比對，發現，簽名是陳義銘的沒錯！

「請問，陳先生是自然死亡的？還是意外？」

「一切還在調查中。看這條約，你們都要給付保險費，是不？」

曾國強點頭，抿一下嘴角：「除非……」

歐陽鳳望著他，等他下文，他徐徐說：

「除非，陳先生被害死，那麼，我們公司，可以向涉案者求償。」

「喔！」歐陽鳳點點頭：「近期，我還會去找陳小姐，了解案情。關於這樁保險，我也會向她詳細查證。」

說罷，歐陽鳳給他一張自己的名片。

曾國強謝過歐陽鳳，約定再繼續跟她聯絡，辭出刑大隊辦公室。

◆

依民俗，亡者在七七四十天內，逢七要作法事，陳芳芳本想請哥哥的朋友——王清，但想想，不洽當。

原因有二：

第一，她跟王清，並不是很熟。

第二，王清跟哥哥去郊遊導致哥哥去世，請王清來似乎不適合。再者，王清未必肯來。

想想之後，她還是同意葬儀社的介紹，請一位道士替哥哥做法事。

後來，她請問這位道士，說起在家中遇到的詭異事件，道士特別來家裡，為哥哥做了場法事。

依道士所說，做完法事，還加持一場除靈儀式。

做完法事後，果然安靜了，這也讓芳芳放心不少。

連續平靜了兩天，芳芳也睡了安穩的兩天覺，這一天應該算是法事後的第三天了。

今天有點累，芳芳提早上床，不到十分鐘，她就進入夢鄉了。

◆

忽然，芳芳醒了過來，她蹙著眉心，側耳傾聽。

喀喀……喀喀喀喀……

她倏然掀開棉被，扭頭再次聽的仔細。

窸窣悉窸窣……窸窣……

這次聽清楚了，是隔壁，哥哥房裡傳出來的聲音！

又、又來了嗎？

不是已經做了除靈儀式了？

芳芳整個人繃緊神經，目瞪口呆的望著自己房門，就怕哥哥會來敲自己房門，

如果這樣，該怎麼辦？

怪聲稍歇，芳芳拿起床畔鬧鐘一看，午夜十一點！

沒錯！

之前，也是這個時間，聽到怪聲。

放下鬧鐘，她拉緊棉被，蒙住頭。

她曾過過私密好朋友，好友說，如果死者死的不甘心，就不肯離開死亡地點。

芳芳不知道是真是假？

但是，已經給哥哥超渡了，就不該再來騷擾呀？

忽然，她想到道士曾說過：

「妳家裡有沒有亡者特別喜愛的東西？有的話，一併燒給他，他就不會回家找東西。」

芳芳想了很久，竟然不知道哥哥特別喜歡的東西，是什麼？

那時候，她跟道士在哥哥房內，四下尋找著，在陳設簡單的房內，根本看不出來，哥哥有什麼特別的東西。

做完法事，她突然哭了。

跟哥哥之間，怎麼會走到這般地步——宛如陌生人？

想到這裡，她心口惘然若失。

喀喀……喀喀喀喀喀……

再傳來的怪聲，讓芳芳眉頭皺得更緊，她以為這是哥哥的反應，哥哥一定知道她的感覺！

既然趕不走他，芳芳覺得必須跟他說清楚！

輕手輕腳下床，芳芳打開門，走出房間，折向哥哥房門口——平常，房間都關著。芳芳將耳朵俯近房門，然後，她深吸口氣，出聲道：

「哥哥，是你嗎？我知道你在房間內。」

房內悄無聲息，芳芳認為哥哥一定聽到了她的話，她徐徐地，又開口：

「我不知道你在想什麼，是恨我？氣我？還是不甘心離開？」

頓頓，芳芳接口，說：

「希望你能明白，人各有命。既然你都死了，為什麼還留戀不肯離開？你這樣，我很困擾。」

一面說，芳芳臉頰上，滑下兩行淚水。

房內還是一片死寂。

「恨我也好，氣我也好，都過去了。你應該早早離開去投胎。留戀這裡對你來說，既沒有好處，也是一大傷害。」

事實上，這些話，都是葬儀社的人，和道士告訴芳芳的。

「我們的緣分，到這裡盡了。你、我都各有各的路要走，我會好好安葬你，把你的後事，辦得風風光光。」

忽然，房內傳來一個輕響：「碰！」

芳芳心口好像被火烙碰觸般，整個人大顫，她按住胸口，張大口，猛力呼吸，好一會，她才慢慢鎮定。

接著，芳芳又說：

「你都聽到了？也願同意我的話了？以後請你不要再……」

說到這裡，忽然，房門響出聲音：

喀喀……

是哥哥的回應嗎？

芳芳嚇一大跳，就在這時，她清楚看到房門的握把，輕而緩的旋轉。

她退了一大步，瞪大雙睛，門把旋轉到底，傳來一聲——喀啦。

雖然很輕，但在芳芳耳中，有如狂風雷擊，她的心幾乎要跳出口腔來了！

接著，房門慢慢打開——先是開一道狹縫，從狹縫看得出來，房內暗濛濛的。

但這不重要，重要的是，芳芳腦中出現各種遐想：

門後是哥哥嗎？他會漂浮在空中？他有身體？四肢？還是他會出現一張鬼臉？

芳芳思緒走到這裡，同時，房門傳來一聲「軋——」

這聲音讓芳芳整個人驀然驚駭得醒過來，她瞪大眼，張大口，卻叫不出聲，不知哪來一股力量，使她急快轉身，奔回自己房間，碰然一聲，甩上門，抖手抖腳的緊緊上鎖，這時，雙腮淚水，狂瀉而下。

不知過了多久，芳芳終於略為鎮定、止住眼淚，忽然，她房門被敲了幾聲：叩叩叩。

忍耐到極限了，芳芳再也忍不住，轉身，用力槌著房門，並驚聲狂喊，喊聲衝破雲霄。

◆

芳芳帶著淚，細細陳述罷，接著，她趴到桌上，放聲大哭。

歐陽鳳留了時間跟空間，讓她的情緒，得以完全發洩。

芳芳哭得肝腸寸斷、聲嘶力竭，無法作罷。她冰冷的手，被一雙柔巧、溫潤的手握住，她抬起頭，慢慢止住淚。

「妳確定，真的是妳哥哥回來？」

芳芳點著頭，抽抽噎噎說不出話。

「妳親眼看到他？」

芳芳搖頭，依舊說不出話，歐陽鳳抓一把衛生紙，遞給她，她接過，狂擦著臉頰。

另一旁的康少勤，苦皺著眉頭，一下看歐陽鳳、一會看芳芳。

刑大特偵的會客室，只有他三個人，只有芳芳吸著鼻子的「窸窣」聲。

「我該做的都替他做了……我還能怎樣？他為什麼要這樣嚇我？讓我不得安寧？他知道我恨他，十幾年了，對他，我一直不……」

歐陽鳳又抓一把衛生紙給芳芳，淨等她發牢騷，她絮絮的述說著，一股腦發洩心中怨氣。

康少勤看一眼歐陽鳳，歐陽鳳略一頷首，康少勤開口，說：

「芳芳小姐，這樣聽來，陳義銘死的不甘心喔？」

「他已經死了，就算不甘心，又怎樣？」

「他要報仇啊！」

康少勤突發此語，芳芳頓了頓，好一會兒才說：

「那他要去找害死他的人。」

「是沒錯，可是，目前他都一直在妳家出現，他沒去找別人，例如他釣魚的朋友、未婚妻、劉雪兒……」

芳芳睜大眼，微愣，反問：

「都沒找他們？妳的意思是？」

「我沒什麼意思。只是感到奇怪，第一、妳很害怕死者。第二、妳跟他少有互動。第三、妳跟他之間，好像有隔閡。第四、死者亡故後，房產、保險都歸妳。第五……」

芳芳截口怒道：

「夠了！你的意思是說我害死我哥哥？」

說這話時的芳芳，與剛才哭泣的形象，完全一百八十度大轉變。

康少勤聳聳肩，閉口。歐陽鳳冷犀而銳利的眼眸，始終盯著芳芳。

「我、我怎麼可能……害死我哥哥？你、你們怎麼辦案的呀？」

沉寂一會，歐陽鳳拿一張白紙、一支筆，才開口：

「我們依照證據辦案。喏！這裡，請妳寫幾個字。」

芳芳訝然的問：「這是幹嘛？要我寫什麼字？」

「妳的名字，還有妳哥哥的名字。寫好，我自然會告訴妳。」

芳芳依言寫妥，交給歐陽鳳，歐陽鳳拿給康少勤，後者從一只公文封內，抽出一張單據，看了看，又轉交給歐陽鳳。

原來，公文內的單據，是陳義銘的請假單，他和芳芳的字體，簡直南轅北轍，初步看來，芳芳無法模仿他哥哥的字體。

不過，還是要交鑑識組鑑定。康少勤將兩張紙收入公文封內。歐陽鳳開口道：

「妳認識曾國強？」

芳芳似乎有點意外，看著歐陽鳳，點頭：

「他是XXX保險公司業務員，去年年底我認識他後，一直跟我拉保險。」

歐陽鳳截口說：

「妳卻拉妳哥哥投保，他剛好又亡故，這筆錢，受益人是妳。保險公司在調查妳，妳有什麼說詞？」

「是我哥自己要投保的啦！元旦那幾天，我跟我哥都休假在家，曾國強又打電話來，我跟哥談起保險的事，他立刻說，他想投保。」

「喔？他怎會想到要投保？不是妳鼓勵他的吧？」康少勤問。

「哼！他或許想彌補我吧。後來我跟曾國強要保險單，拿回給我哥簽名。如果不是我哥願意，他怎麼會簽名呢！」

這時，芳芳明白了要她寫名字的目的，口氣很不滿。

「很抱歉，我說過，我們依照證據辦案。為了釐清陳義銘的死因，還要請妳多包涵。」

芳芳無言了，沉默著，低下頭去。

「另外，我想請問妳幾個問題，可以嗎？」

看一眼歐陽鳳和康少勤，芳芳點頭。

「我問過陳義銘周遭幾位朋友、同事，大家都說，你們兩兄妹感情很疏離，為什麼？」

一會低眼、一會攏眉、一會俯首，最後，芳芳抬起頭，雙眼泛淚：

「因為……我爸媽的車禍！」

「據我調查過，令尊、令堂，因為發生車禍亡故。」歐陽鳳凝眼，語氣不高不低：「這跟陳義銘什麼關係？」

「妳根本不知道！」芳芳忽然大聲怒道：「妳什麼都不知道！」

「所以才想請問妳。妳不會吝於說出來吧？」歐陽鳳溫婉、平和的口吻，帶有濃濃的、安定人心的意味。

憶起往事，芳芳底淚水，又崩潰了！

同時，已經結痂的心口重創，又裂開來，泊泊滲出血，血腐蝕著她整個身與心。

過了好久、好久，芳芳讓自己靜下來，接過歐陽鳳遞來的面紙，擦了一把臉，才說出……

十六年前，陳義銘十八歲，高二，認識了幾個問題學長，聽說這些學生在校園內販毒，校方、班導曾數度知會家人。

父母親一再跟陳義銘溝通，希望他離這群學長遠一點，因此，他常跟父母起衝突，後來，甚至晚歸、或不回家。

一天晚飯後，陳義銘又沒回來，他爸媽等到快九點，實在忍不住了，兩人商量後，決定騎機車出去找他。

芳芳那年讀國一，她寫完功課，已經十點了，父母尚未回來，她自己先上床睡覺。迷迷糊糊間，響了許久的電話聲，把她吵醒過來，她去接電話，是警察局打來的，告知她，父母發生車禍，在醫院雙雙不治！

後來，陳義銘迅速脫離那群問題學長，但是，父母的生命卻喚不回來，還包括芳芳對他的尊重與信賴。

這代價，何其慘重啊！

第七章

手幾聲響，歐陽鳳說聲抱歉，她按下開關：

「喂！我是。啊！呂先生啊？你好、你好。」

「抱歉，讓妳久等了。」

「不不，辛苦你了。」

「結果出來了。溪流的水沒有問題。」

「啊！這樣嗎？是！好，好，謝謝您了。掰掰。」

收起手機，康少勤與芳芳，同時投來詢問眼神，歐陽鳳不想隱瞞，說：

「陳義銘去釣魚的溪水，檢測出來，水質沒問題。」

康少勤頷首，芳芳看著歐陽鳳，意外得反問：

「組長，您還去檢測溪水？」

歐陽鳳點頭，康少勤接口，說：

「不是我多話，你們這些人，完全不知道我們辦案的辛苦。」

說到這裡，他發現歐陽鳳瞪著他，連忙伸手，朝芳芳一比，說道：

「不過，這也是我們應當做的工作啦！組長，請繼續問。」

癟著嘴，歐陽鳳向芳芳說：

「抱歉，有些事，必須要向妳問清楚，澄清一下。」

芳芳點頭，態度不似剛才的憤懣。

「請問妳，妳知道妳哥哥，去看過醫生？」

「之前他說過胸口會焖痛。去溪邊釣魚回來後，禮拜一早上，他說全身無力，心絞痛，我建議他去看醫生，但他有沒有去，我就不清楚了。」

歐陽鳳點頭，又問：

「妳哥哥房間裡，可有醫生開立的藥？」

芳芳想了想，搖頭：

「我沒注意。組長知道我哥哥去看過醫生？」

「嗯，他同事大朱、李先生都說，他在週二下午，曾去看醫生。」

「他……什麼病？」

開口這樣問著的時，芳芳忽覺得，哥哥有沒有病，竟然要問警察？她羞赫得臉頰發紅。

「心律不整，很輕微。不至於會死。」

聽過芳芳的陳述，歐陽鳳對於芳芳不關心陳義銘的事，有所了悟，也不再苛責她。但是，例行的問話，不能不繼續。

「四月五日，週三晚上，妳在哪？」歐陽鳳又問道。

芳芳用心想了一會，說：

「我同事找我去逛街。她說想買幾件衣服，下班後，我跟她去逛ＸＸ夜市。」

「妳同事什麼名字？妳們幾點回來？」

芳芳說出同事名字、地址，最後說，她回家時，大約將近十點。

歐陽鳳迅速記錄下來，心中希望卻又落空了。但她卻不死心，繼續問：

「妳回家後，陳義銘睡了沒？妳有跟他交談嗎？」

「沒有。我回家時，他房門已經關上了。」

「妳回家時，是否按了門鈴？」

「我有鑰匙，幹嘛按門鈴？況且，我跟我哥哥一向各走各的，只有早上會偶而碰個面，晚上下班，有時各自約朋友，回家時間都不一定。」

歐陽鳳點點頭。

「因為隔天還要上班，我洗完澡就上床睡覺。」

「所以，妳不清楚那晚是否有人去找過他？」

芳芳點頭。忽然又說：

「組長，妳問過雪兒嗎？她應該會比較清楚。」

「問過了。」歐陽鳳不想講太多，簡單回。

歐陽鳳看著記事本，思緒迴轉著。

芳芳說她十點回家，可見她不是那個按門鈴的人，那，會是誰來找陳義銘？

這個難道是關鍵問題？

闔上記事本，歐陽鳳道：

「剛才聽妳陳述，說家裡有問題？」

提起這個，恐怖陰影再次向芳芳襲來，她戰慄不止的談起她哥哥鬼魂回家來：

「昨晚，還來敲我的房門，我差點嚇死。早上醒來，一列水漬，由哥哥房門口，蔓延出來，一直到客廳大門為止。」

康少勤聽的興味甚濃，他接口說：「哇！真的太可怕了。」

「不只是今天，之前也是，我哥哥回來過好幾次。」

「每次都留下水漬？」歐陽鳳接口問。

「對！上回我跟您提過，也許哥哥的死跟水有關，就是因為也出現過水漬。」

歐陽鳳起身，說道：

「走！我們跟妳回家去。」

歐陽鳳跟康少勤，與芳芳一起到陳家。

一路上，歐陽鳳的思緒，一連串轉個不停：

鬼不可能敲門呀！是芳芳故意裝神弄鬼？引開警方的注意力？就像康少勤剛剛在局裡提出的四、五點證據，芳芳有諸多嫌疑。許多證據足以指向她就是兇手，雖然，尚未有充分的證據，可是看她還這麼鎮定，想想，這個女人也太厲害了！

想到此，歐陽鳳側眼，看著芳芳，後者的神情還相當篤定呢。

到了陳家，尚未進門，歐陽鳳就提起全神警戒。

首先，映入眼簾的是地上的水漬，由死者房門口蔓延到客廳。

仔細觀察過水漬後，歐陽鳳和康少勤同時走進死者房間：

窗戶關著，床前書桌，旁邊一張床，床邊一個小茶几，靠牆的衣櫥、一個五斗櫃。

房內的陳設，跟之前看到的一樣，沒有多大變動，不過，歐陽鳳還是隨身帶著之前拍的照片。

她和康少勤展開地毯式的搜查，一面抽出照片，一面對照著。

忽然，她發現到書桌抽屜曾被打開過，因為抽屜關闔處略為歪斜，沒有關好。

「唉呀！我哥哥真的回來過！」芳芳忽然揚聲說：「看！他回來拿衣服。」

歐陽鳳和康少勤雙雙扭頭，看過去，只見五斗櫃最上面的抽屜，露出一小塊衣角，芳芳上前，打開五斗櫃，抽出露出一角的衣服，那是一件絨質料、英格蘭款式，黑色條紋間隔出紅、藍格子的襯衫。

「我哥哥生前最喜歡這件襯衫。」低低說著，芳芳眼眶紅了。

歐陽鳳沉默著，轉身檢視其他傢俱，一一打開書桌抽屜、床邊小茶几的抽屜、最後，打開五斗櫃的每個抽屜。

康少勤也幫忙著，還掀開彈簧床，趴下去，檢視著床底，床底空空的。

事實上，斗大的臥室空間不是很大，不消幾分鐘就檢查完畢。

退出死者房間，歐陽鳳和康少勤轉向客廳，搜查所有的陳設、抽屜、空間。

接著，康少勤進入廚房檢查；歐陽鳳道聲抱歉，進入芳芳房間，更仔細的檢查。完全沒有！

歐陽鳳和康少勤站在客廳當中，互相對望著，一致搖頭。

「組長、康探員，你們在找什麼？」

「妳哥哥的藥。」康少勤凝眼，看著芳芳：「妳有沒有把妳哥哥的藥丟掉？」

「沒有！我不知道我哥哥有吃藥，他走了後，我沒動過他的房間。」

歐陽鳳到廚房，拿出一桶裝了水的水桶出來。

另外兩人看得有點傻眼。

只見歐陽鳳將水桶內的水，模仿原本留著的水漬，左灑、右灑、直噴、倒著噴。

忙了好一會，她終於放下水桶，向康少勤說道：

「拜託，把這個拿進廚房倒掉。」

「組長，妳這是？」

「你先拿進去。」

不一會，康少勤出來，歐陽鳳接口說：

「亡故的人，如果真的回來，會敲門嗎？會開抽屜嗎？會潑水嗎？會發出響聲嗎？」

芳芳、康少勤瞪大眼，看著歐陽鳳，只聽歐陽鳳又說：

「我剛才模擬過，地上水漬，是人為！」

芳芳一張臉，變成豬肝色，囁嚅地說：

「組長，您的意思，是我謊報？」

歐陽鳳犀利眼光，掃過她底臉龐，徐徐說：

「我們辦案，講究的是證據。沒找到兇手以前，每個人都有嫌疑。我只是就現場的狀況來分析。」

康少勤興味甚濃地道：

「組長，所以，現在是？」

芳芳截口說，她雙腮泛白，淚如奔泉：

「組長，我說的是真話，我沒有撒謊，我快被嚇死了，再這樣下去恐怕第二個死的人是我，我受不了了！」

她看來無助又懦弱，康少勤不覺生起了惻隱之心，歐陽鳳卻依舊雙眸冷犀。

「求求您，我到底該怎麼辦，我……」

說到後來，芳芳掩臉而泣。

「妳不要這樣。職責所在，就算妳不求組長，組長也會……」康少勤忍不住說。

歐陽鳳瞪他一眼，徐徐地開口：

「我想到個辦法了！」

康少勤抬眼、芳芳放下手，兩個人、四隻眼睛，一齊盯緊歐陽鳳……。

◆

大勢底定之後，歐陽鳳和康少勤總算可以暫時休憩幾天了。

兩人又恢復了例行的正常上班：每天坐在辦公室，審視公文、等待上級命令。

「組長！」

「嗯哼。」

歐陽鳳審視著面前攤開著的公文，頭也沒抬。康少勤又喊了一聲，她才扭頭，看著康少勤。

「妳這招有用嗎？」康少勤說：「我說的是對這件案子。」

「你認為呢？」

康少勤聳聳肩胛，說：

「不知道。我想，監視器會拍到鬼魂嗎？」

原來，歐陽鳳命人在陳家客廳隱密處，裝設了監視器。

歐陽鳳瞪著他：

「拜託！誰說我裝設監視器要拍鬼魂？」

「要拍人嗎？可是，陳家就只有陳芳芳，她知道家中有監視器，會……」

輕舒口氣，歐陽鳳露出犀利眼光，說道：

「如果拍不到人，表示兇手就是陳芳芳！包括她所說的什麼鬼魂歸來、水漬等等，都是她瞎掰的謊言！」

「呃！」康少勤拍拍頭，一副想不透狀：「那，如果鬼魂沒有再回來了呢？」

歐陽鳳沉思了一會，低聲說：

「再說嘍。」

這幾天，她其實也在思考這個問題。監視器裝好後，至今已過了四天了，如果什麼都沒拍到，表示陳芳芳是唯一的嫌疑犯了。

但是如果是她犯案，是否有足夠的證據，可以羈押她、讓她俯首稱罪？

「組長，那一天我們找不到藥，問芳芳，她也……」

「你呆頭，兇手把藥丟掉了，會承認嗎？」

「唉唷！我這不是白問了？」康少勤拍一下自己的頭：「如果說她是兇手，我這豈不是打草驚蛇？」

「你也知道。都過去了。算了，以後機伶點。」

康少勤終於沉默不語，不敢再多嘴。

歐陽鳳心裡其實也不好過。查案到這地步，可以說，幾乎走到瓶頸了。

忽然，電話鈴聲響了，康少勤接起電話，交給歐陽鳳。

「喂！刑大偵三隊，歐陽鳳，您好。」

「組長好！我是曾國強，ＸＸＸ保險公司。」

「哦，曾先生好。」一股失望之情，襲向歐陽鳳。她以為是……

「想請問偵查結果出來了嗎？」

「沒有！」歐陽鳳口氣不太和氣。

「啊，向您報告，早上陳芳芳小姐來我們公司。」

「結果呢？」

「是，她來催問保險下來了沒有。」

「然後呢？」

「就……唉！我也很為難……」

「有什麼為難？」歐陽鳳口氣咄咄逼人：「據我所查知，這種儲蓄保險你們公司損失不大，頂多多付些利息而已。」

「什麼？」曾國強大訝的叫：「這關係到我的業績哩。」

「你怎麼不想想當初拉到業績時你有多高興？誰都不願意遇到這種狀況啊！」

想了想，曾國強無話可接，不過，畢竟是跑業務的，口吻還是很謙虛：

「是啦！想不到，組長這麼厲害，居然能算出保險金額的額度。佩服，佩服。」

「好啦，有什麼進展，我會記得通知你，好嗎？」

「是是是！謝謝您喔！組長，再跟您聯絡了。」

掛斷電話，歐陽鳳看一眼康少勤，搖搖頭。

◆

監視器裝好的第八天，清晨，才六點多，歐陽鳳手機響了。

是芳芳，她驚魂甫定，口吻異常緊張：

「組長……我、我……」

「怎麼啦？慢慢說。」歐陽鳳心裡一振，語氣依然平和。

「我昨晚又被嚇到了！我哥哥又回來了，又發出恐怖聲響。好可怕！」

「我馬上去妳家！」

闔上手機，歐陽鳳聯絡康少勤，兩人一大早，一塊趕去陳家。

芳芳迫不及待得向歐樣鳳陳述著，下半夜，她又遇到種種恐怖狀況。

歐陽鳳和康少勤略為檢視一下陳家內外，大致上沒什麼太大變異。

康少勤望著客廳地上，淡然說道：

「喔——這次鬼魂沒有灑水漬了。」

聽得出來，他語氣有濃濃的揶揄，歐陽鳳看他一眼，他偷偷伸一下舌頭，住口。

「組長，您看，是不是我哥哥又回來了？他到底想幹嘛？」芳芳手摀住胸口，喘著氣，害怕得問。

好一會，歐陽鳳一語雙關地說：

「辦案，最忌諱的，是不能有先入為主的觀念。」她看一眼康少勤，又說：「你可以有各種猜測，但不可以肯定，除非已經握有實質上的證據。」

「是！組長。」康少勤似乎學聰明了，明白歐陽鳳的話意，立刻回道。

然後，歐陽鳳令康少勤，把監視器錄影帶卸下，換上另一捲空白的。

「組長，我呢？我該做些什麼？」芳芳白著臉，忙問。

「妳跟平常一樣，去上班！」

「呃，是。」

「對了。」歐陽鳳忽問道：「妳哥哥的保險金，什麼時候下來？」

「嗯……快了。我前幾天去問曾先生，他說已經送給襄理審核了。」

「很好。」說完，歐陽鳳和康少勤帶著錄影帶回局裡。

回到刑事警察局，康少勤迫不及待的跟著歐陽鳳，進入放映室，開始播放。

剛開始，錄影帶一陣漆黑，接著出現的都是芳芳，她的生活作息一一呈現。

接著又是一陣漆黑。

「啊！有了。」康少勤忍不住呼道。

只見錄影帶裡面，客廳大門，緩緩被打開，一道人影，輕巧閃進來。

這道人影，身軀高壯、魁梧，滿頭長髮，髮尾呈大波浪，卷曲的披在肩膀後。

「是女人呀？」康少勤忘形的出口，也不知道他是自語，還是在問歐陽鳳。

歐陽鳳倒是冷凝，陰沉的盯視著銀幕。

人影悄然經過客廳，走向陳義銘房門口，逕自伸手，打開房間門把——看來，似乎很熟練。

進去房內後，傳出陣陣窸窣聲響，其間夾雜著奇怪異響。

不久，芳芳的房門打開一道縫，她緩慢的探一下頭，又縮回；一會，她又探頭，揚聲道：

「哥哥！是不是你回來了？」

這時，忽然響起悽慘的喊痛聲：

嗷嗷……痛、痛、痛呀！吁——惚——

「哥哥，你不要嚇我。」芳芳帶著哭聲。

突然，傳來一聲巨響：「碰！」看畫面，聲音似乎是由陳義銘房間傳出來。

芳芳吃了一驚，連忙關上房間門。

這當兒，陳義銘的房門又打開來，高壯女人走出來，繼續發出淒厲、嗚咽的聲音，然後，伸手在芳芳房門上，一記、一記輕敲著。

不過，高壯女子的臉容都沒錄到，只錄到她的身軀、背影。

♦

下班後，芳芳接獲歐陽鳳電話，火速趕來刑大辦公室，看完錄影帶她喘著大氣，整張臉脹成豬肝醬色。

「我的天！怎麼有這麼惡劣的人？這段時間不時的騷擾我、嚇我，害我以為是我哥哥。」

「妳冤枉了妳哥哥。」康少勤岔了句話：「我說嘛，人死了會回來？」

歐陽鳳沉沉的開口：

「妳認識這個人嗎？」

芳芳搖頭。

「妳認真想想看啊！一定是妳認識的人，」康少勤接口：「不然，怎麼會跑到妳家去？」

「嗯，妳再想想看。」

芳芳一臉慎重的，想了想，依舊搖頭：

「我可以確定，這個人……這個女人，我真的不認識。」

「難道是小偷？」康少勤說：「不對，小偷哪會知道妳家的事？還跑進妳哥哥房內然後嚇妳？」

芳芳眨巴著眼，看得出來，她神色一片恍然不解。

歐陽鳳攏聚著雙眉，忽然問道：

「誰有妳家的鑰匙？」

「這個，不知道耶。」

康少勤忍不住了，語帶詼諧：

「喔——陳芳芳、陳小姐，妳很離譜呢，竟然不知道妳家鑰匙給了誰？妳家這樣很危險的喔！」

芳芳臉都紅了，低聲說：

「我沒有把我家鑰匙給任何人，可是哥哥有沒有給別人，我就不知道了。」

歐陽鳳雙手交叉在胸前，這時，她挺胸，問：

「依妳推測，妳哥哥有可能給鑰匙的，大概會是誰？」

芳芳想了想，有些遲疑：

「我只能猜，大概是劉雪兒，頂多再給蔡佳珍。」

「他的同事呢？朋友呢？錄影帶裡面這個女人，難道不是妳哥哥的朋友？」

芳芳搖著頭：

「我完全沒有這個女人的印象。會不會是我哥哥後來又交的朋友？」

三個人胡亂猜了老半天，不得要領，最後，還是歐陽鳳做出決定：

「我看，我們不必瞎猜了。少勤，麻煩你把錄影帶裡的女人身影印出幾張，我們分頭送去給陳義銘的同事、友人看看，有誰認識這個女人。」

康少勤點頭。歐陽鳳轉向芳芳：

「這麼晚了，妳趕快回去。注意一下妳家門戶，最好換一副鑰匙。」

「是！謝謝組長。」

芳芳誠心誠意的說著，辭出了刑大辦公室。

「組長，妳看，芳芳可疑嗎？」

「你的看法呢？」

歐陽鳳滿腦袋，都是高壯女子的身影，始終想不出她是誰？

「嗯，根據錄影帶所錄，鬼魂之說，不是芳芳造假，而是另有其人。」康少勤換了個坐姿，胸有成竹地說：「妳看，連她都受騙了。所以，我的看法，是可以把芳芳的嫌疑排除掉。」

「你的看法是這樣呀？」

「怎麼？組長不認同嗎？」

沉思了一會，歐陽鳳徐徐說：

「我現在打個比方，譬如說，芳芳有這樣一位朋友，願意幫助芳芳，但是，我們卻抓不到這個女人，你說，芳芳有罪嗎？」

「耶！組長，妳說的……」康少勤換回原先坐姿，認真的想著：「好像有道理，如果是這樣，芳芳不但可以脫罪，還能光明正大繼承死者所有的財產、保險。」

歐陽鳳攏聚眉心，沉默的看著靜止的錄影帶。

「八天了，在這八天中，我竟然忽略了。」

「什麼？組長，妳忽略了什麼？」

「沒有繼續跟蹤芳芳。如果她想找個人，加入錄影帶裡，八天足夠她找人了。」

「啊！」康少勤忽然低呼一聲。

「你想到什麼？」歐陽鳳問道。

「我老覺得奇怪，為什麼錄影帶始終沒拍到這個女人的面孔。」

歐陽鳳忽然笑了：

「少勤！你進步很多嘍。當然，這只是假設。」

康少勤又高興、又靦腆的笑著，搔搔後腦門。

◆

康少勤列印出來得女子身影，相當模糊，根本就是很難辨認得出來。

不過，歐陽鳳還是帶著幾張列印紙出門。

首先，她去找劉雪兒，並說出原由，劉雪兒相當震驚。她拿著列印紙張，左看右看，最後只有搖頭的份。

「妳可知道，陳義銘最近是否有交過這樣一個朋友？」

劉雪兒蹙緊雙眉，慢慢得說：

「我是不知道。不過，如果他有這樣的朋友，應該會讓我知道。除非、除非這個女人，是義銘的……新女友。」

「可能是他的新女友嗎？」歐陽鳳懷疑的說：「妳看，這背影，高壯魁梧，最少也有一七五公分以上。義銘會喜歡這樣的女生嗎？」

歐陽鳳說的有理，劉雪兒無言了。

「對了，妳有義銘家的鑰匙嗎？」

「有。」

「除了妳之外，還有誰會有他家鑰匙？」

「不知道。」

「妳最後一次去他家，是什麼時候？」

「三月三十日。星期四。義銘釣魚回來後，我就沒有去過他家。跟他只通過電話而已。」

告別劉雪兒，歐陽鳳立刻去找蔡佳珍。

一見面，歐陽鳳就問她：

「妳有沒有陳家的鑰匙？」

「有。」蔡佳珍點頭，接口說：「不過，當義銘跟我提出退婚協議時，我非常生氣，把鑰匙摔回給他。」

「哦？有這樣的事呀。」

「那時候，我記得很清楚。」蔡佳珍跌入回憶中，說：「他一點都沒有動怒的樣子，乖乖撿起鑰匙，慢慢放進他口袋內。」

歐陽鳳聽著，沒有打斷她，只聽她又說：

「為什麼我會這麼留戀他，為什麼我爸很喜歡他。因為他的修養真的不錯。如果是別的男人，早掉頭就走。」

歐陽鳳輕輕點著頭。

「我爸常說，我任性又驕縱，沒有人可以忍受我。」

蔡佳珍聲音愈來愈低，說著說著，她雙眼泛淚，但向來好強的她，猛吸著鼻子，同時也把淚水吸進肚內。

歐陽鳳拿出列印紙，遞給蔡佳珍，不免又得說一遍，錄影帶的事件，以及請她辨認。

蔡佳珍非常訝異，她盯著列印紙，一會皺眉、一會瞇眼、一會晃頭，最後，她搖頭，恨聲道：

「不認識。完全沒看過這個女人。哼！想不到，義銘的嗜好，種類還真不少！」

歐陽鳳沒有反應蔡佳珍的冷嘲熱諷，只是一顆心，不覺沉了一沉。

蔡佳珍忽然說：

「組長，妳沒問過芳芳？」

「問過。妳怎麼會這樣說？」

「會把鑰匙給對方，表示這個女人跟陳家交情匪淺，不是嗎？」

「妳說的對。不過，芳芳說她不認識這個女人。連劉雪兒也沒看過這個女人。」

蔡佳珍撥了一下劉海，冷冷撇著嘴：

「如果是義銘的新歡，當然，他必定會守密。」

「妳說，會把鑰匙給對方，表示這個朋友跟陳家關係匪淺。那，妳認為，義銘會喜歡這樣的女人？」

蔡佳珍聳一下肩胛：

「我不知道！如果只是普通的朋友，怎可能會有義銘家的鑰匙？」

歐陽鳳留下一張列印紙給蔡佳珍，請她問問她父親，如果認識，請她務必通知她。接著，歐陽鳳又跑去陳義銘的公司。

結果，李老闆和大朱、朱昇海看了，全都一致搖頭不迭。

回刑大警局後，歐陽鳳不死心，撥了兩通電話：

一通給嘉義的王清夫婦，另一通給台南的許立財夫婦。

查問的結果，都讓歐陽鳳失望了。

放下電話，歐陽鳳整個人幾乎快癱瘓了。

一個特別的、充滿希冀的線索，到這裡就要完全斷掉了嗎？

休息了一會，她勉強讓自己振奮起來，因為，她令康少勤檢查陳義銘住家附近的人口，包括有案底、無案底、或跟陳家有糾紛、無糾紛的鄰居，一一過濾，務必找出錄影帶中的高壯、魁梧，又一頭大波浪，長卷髮的女人！

第八章

雖然請康少勤過濾陳家附近，所有的人員，但也需要一點時間。這期間，歐陽鳳盡量讓自己平靜。

她一再回想，自接手這個案件以來，由原本的自然死亡結案，延續成認定是「他殺案」，直到現在，可說是毫無進展。

如果真的找不出錄影帶裡，這個長卷髮、魁梧女人，難道這件事只能到此結案了？仰起頭盯視著天花板，歐陽鳳深吸口氣，頓然有深深的無力感，一天又這樣過了。

「鈴——」

電話響了，歐陽鳳拿起電話：

「喂，刑大偵三組，歐陽鳳，你好。」

歐陽鳳說著一樣的話，卻顯得有氣無力。

「組、組長，能拜託您……來我家一趟嗎？」是芳芳，聲音焦慮而緊張。

「怎麼？發生什麼事？」

「電話中無法說清楚，您、您能撥空……」

「我馬上去。」

放下電話，歐陽鳳火速趕到陳家，陳家大門敞開著，芳芳坐在大門口外的樓梯處。她臉色發白，手摀住心口，喘著大氣。

「怎麼了？」

歐陽鳳探頭看一眼裡面，客廳被翻得亂七八糟、一片狼藉。好像被轟炸過了似的。

「妳受傷了嗎？」歐陽鳳回頭，上下打量芳芳。

芳芳搖頭，還是喘得厲害。

歐陽鳳放輕腳步，小心踏入客廳，迂迴走向前，步入廚房。

嚇！廚房也是亂成一團。

犀利眼神，宛如掃描光線，橫掃過一眼，接著歐陽鳳客代主人，去廚房倒杯開水給芳芳。

這時候，芳芳也跟著進入客廳，眼裡驚惶甫定，她接過杯子，吞下一大口開水，又拍拍胸口。

「好些了嗎？」

芳芳點頭，歐陽鳳問道：

「怎麼回事？」

「我今早去上班，一切都還好好的。剛剛下班回來，打開大門，看……看到這副景象，我整個人都快昏頭了。」芳芳喘口大氣，繼續說：「我不敢進去，我怕……歹徒在屋裡。」

歐陽鳳不禁笑了：

「妳不該坐在樓梯口，要是歹徒還在裡面，萬一衝出來妳一定首當其衝，反而更危險。」

「啊！我怎沒想到這個。」

「現在暫時沒事了。嗯，歹徒是在白天潛進來。」

歐陽鳳說著，看到陳義銘的房間，門是虛掩著的。她走向前，推開門，嘩！裡面也是被翻得亂七八糟。

「組、組長，拜託妳也看看我的房間，我怕……」

歐陽鳳轉向芳芳房間，門把一轉，就被打開來。這時，芳芳立刻上前，站在歐陽鳳旁邊，只看一眼，芳芳身軀搖晃著站不住腳，連忙扶住門框。

歐陽鳳扶住她，退到客廳，讓她坐下。

歐陽鳳再次進入芳芳房內，略一審視又退出來。

「到底是誰？非得要把我逼死不可嗎？」芳芳無力地輕聲喊著，垂下兩行淚。

歐陽鳳算了算，距離上次裝設錄影帶到今天才過了兩天而已，這個歹徒也特大膽呀！

她扭頭看一眼客廳，隱密處的監視器，嗯，沒受到破壞，顯然歹徒想不到屋內有監視器。

「我不是叫妳換掉家裡的鑰匙？」

「我公司最近很忙，我是想等週六休假日再去找鎖匠。」

歐陽鳳看著天花板，說：

「好在我那一天，讓少勤再換一卷新的錄影帶。」

說完，歐陽鳳拿起手機，撥開電話：

「少勤嗎？」

「是！組長，我正忙著篩檢……」

「我知道你忙。現在先請你過來一趟。」

「哪裡？」

「陳家。」

「啊？」

「又有狀況了。記得，帶著相機，檢視手紋的器具，還有……再帶一卷新綠影帶。」

「是！馬上到。」

闔上手機，歐陽鳳小心翼翼的，遊走一遍陳家周遭，同時，眼芒銳利的掃過所有的傢俱。

過了一會，康少勤到了，看到客廳，他忍不住嘖嘖兩聲：

「炸彈掃過了？」

他轉眼看到芳芳一副衰弱、無助狀，連忙改口，說：

「可惡的歹徒！簡直是向我公權力挑戰嘛！抓到的話，我先要打他幾拳！」

在歐陽鳳指示下，康少勤在重要幾處地方，以器具檢測幾枚手紋。

接著，才陸續拍下屋內的殘敗景象，包括客廳、廚房、兩個房間、廚房等。

忙過一陣後，歐陽鳳又指示康少勤，換下錄影帶，重新再裝上新的。

一切弄妥當時，已接近十點多了。

康少勤把東西收拾妥當，歐陽鳳向芳芳說道：

「我看妳今晚要不要到旅館暫時安住一夜？」

芳芳猶豫著，看著自己房間，依她想法，隨便整理一下，應該可以睡覺的，畢竟，「金窩銀窩，不如狗窩」。

「歹徒握有妳家鑰匙，如果他再來，或許會傷害妳。」

芳芳瞪大眼，顯然不太相信，就連康少勤也是滿臉疑惑。

歐陽鳳環視一眼客廳，說：

「歹徒沒找到他要的東西，我猜，他或許還會再來！」

「組長，歹徒想找什麼？」康少勤大訝道。

歐陽鳳聳聳肩，淡然道：

「我哪知道。」

康少勤搔搔頭，又歪一下。

「如果知道他想找什麼，我們就可以揪出歹徒是誰嘍！」

康少勤釋然的猛點頭，不斷稱：「是是是。」

◆

次日，上班時間一到，康少勤準時來報到。歐陽鳳已然在座。

「組長，妳沒回家呀？」

「有，我早到了。你的工作進行的怎樣？」

康少勤知道，她指的是篩檢人員，他點頭，說：

「好幾天中午我都沒有休息，大概篩檢了三分之二左右的人。」

「還是沒找到那個女人？」

「嗯。」康少勤點頭。

「辛苦了。」

「哪會。組長親自送列印紙，才辛苦呢。」

「昨天的錄影帶呢？」

康少勤開鎖，打開辦公桌，拿出帶子。

兩人步入刑大辦公室的放映室，康少勤裝入放映機，兩人開始仔細看著錄影帶。

時間是昨天的下午，兩點多左右。

客廳大門，悄無聲息地被打開，上次的女人，她頂著髮尾大波浪卷長髮，左右探望著，先進入陳義銘房內，房內傳出翻箱倒櫃聲音；不久，女人走出來，停了一會，打開芳芳房間，進去後，又是一陣翻東倒西的聲響。

接著，女人走出來，在房門口叉著腰，猶豫一下，走入廚房，很快地，她又走出來。

緊接著，她從角落，開始尋找起客廳，凡是桌子、箱子、抽屜、只要能放置物品的器具，她幾乎都翻遍了。

忽然，歐陽鳳出聲道：

「停！」

康少勤連忙按下放映機暫停鈕。

「往前一點，對！對！再放一點，停停停！」

畫面上，女人俯身一面找、一面伸手拂她的頭髮，她手腕上戴著一只錶。

「看得出來，那是什麼牌子的錶嗎？」

康少勤將畫面放大、再放大。模糊中，看得出來，錶面是深黑色的。

「好像是浪琴錶的牌子。」康少勤瞪大眼，說：「我覺得這隻錶並不適合女人戴。」

「難講。」歐陽鳳接口，說：「有些塊頭大的女人也許喜歡戴男士的飾物。」

「組長說的沒錯。」

「請你把這個畫面，列印下來。」

「是放大的部分嗎？」

「不！正常的畫面就可以了。」

看到最後，女人忍不住了，一面翻找、一面憤恨的把東西亂甩。

這就是客廳會亂成一團的緣故。最後，女人抓起桌上一只杯子，想丟，忽然又放了下來。

然後，她悻悻然地蹬著鞋子，腳下發出「喀喀喀」聲響離開了。

關機後，康少勤繼續他的篩檢工作。

歐樣鳳回到辦公桌前，沉思了一下，撥電話給芳芳：

「我是歐陽鳳。」

「啊！組長您好！」

「妳叫鎖匠了沒有？」

「今天一早就打電話給我家附近的鎖匠了。」

「什麼時候會來換鎖？」

「他答應今晚會來換。」

「嗯。早點換，早點安心。」

「謝謝您，組長。您看過錄影帶了？結果呢？」

「我會繼續查證。倒是妳，要特別留心。」

「組長，我在想……」

「說吧！」

「會不會是小偷？知道我家辦喪事，就來偷竊？」

「如果是單純的小偷，不管有沒有偷到東西，應該不會一來、再來、又來。」

「哦。」

◆

拿著列印紙張，歐陽鳳不厭其煩的，又再次跑一趟。

這次，她反向作業，先去找李先生、大朱、小朱。

李先生、大朱看到列印紙上的錶，還是搖頭，對這隻錶沒有印象。鍥而不捨的歐陽鳳，拿給朱昇海看。

朱昇海先是隨便看一眼，繼而再看，然後，凝眼盯住那隻錶。

「你見過這隻錶？是不是？」

朱昇海立刻搖頭：「不！沒、沒見過。」

「這隻錶很普通吧，一般來說，只要喜歡，都會買一隻這樣的錶。」

朱昇海應付似的點點頭，立刻說：得去工作了。

歐陽鳳不打擾他，轉進去找李老闆，不久，李老闆和歐陽鳳一塊走出來。

朱昇海偷溜一眼李老闆，又迅快低頭工作。

李老闆走近朱昇海身邊，嚴肅的看著後者工作，卻不出聲。

朱昇海被看得很不安，歐陽鳳從他的態度、動作看出來。

「不要再做了。小朱！」

小朱徐徐立起身，吞口口水，說：

「李先生，你說什麼？」

「我說，把你知道的事，向組長說出來。不然……」

「不然，把我辭職了？是嗎？」

李先生深吸口氣，說：

「不至於把你辭了。但是，你如果繼續做下去，我、大朱，跟你之間，恐怕很難相處下去。」

朱昇海臉色大變，繼而轉成怒色：

「我沒有殺人，也沒有犯什麼案，有什麼難相處？大不了，我另找工作。」

「小朱，你這話太嚴重了。」歐陽鳳開口說道：「我只想拜託你幫幫忙，如果認識……」

小朱冷盯一眼歐陽鳳，不語。

「小朱，想想看，今天若是你的家人、兄弟姊妹遇到這種事，我相信你會挺身而出。我知道你，你這個人講義氣。」李先生說。

「站在警方立場，我絕不會洩漏你的身分！」歐陽鳳補上一句。

這時，大朱也走近，插口說：

「難道，這個女人，是你朱昇海的家屬？」

「屁屁屁！誰那麼倒楣，認識……」說到這裡，小朱頹然坐了下來。

李老闆示意歐陽鳳也坐，他自己也落座，大朱很快拉了張椅子，坐到遠遠的角落。

沉默了好久，看著歐陽鳳，朱昇海歪著臉頰：

「之前，一名探員來問過我話，我知道，你們警方有我以前的案底，難道這樣，我就該死？只要是壞事都扯上我嗎？」

「根本不是這樣。」歐陽鳳道：「我只請你辨識一下，是否認識她？」

「對呀！照你這樣說，連我都是嫌犯了？沒道理嘛。」李先生接口。

冷哼一聲，小朱開口：

「我不想說，就是怕惹麻煩。」

「你怕她來找你？」歐陽鳳伸手，指著列印紙上的女人。

朱昇海搖搖頭，說：

「不是這樣的啦！之前，我不是常跟陳義銘吵架？因為我笑他『娘炮』。」

沒有人插嘴，就是怕他來個刁難——不講下去了，那才叫糟糕呢！

「這隻錶，」朱昇海望著紙上的錶：「我看過類似的這隻錶。可是，戴著錶的人，是個男的。」

在場聽眾，全都現出驚訝表情。

「誰都可以戴這種錶，對不對？男的、女的、只要有錢，都可以買來戴，對不對？」

「你能說清楚點？在哪裡看過戴著這隻類似的錶的男人？」歐陽鳳道。

朱昇海頓了頓，接著說出……

有一天，下班時候，他下樓準備騎機車回家，忽然一轉眼看到斜對面騎樓下，有兩個人拉拉扯扯。

他感到很奇怪，不覺多看一眼，嚇！

他認出其中一位，背影非常眼熟，等他再仔細看清楚——

一雙粗獷的手，圍抱住的這個身影，赫然是陳義銘，而這隻手的手腕上，就戴著錶面黑色的浪琴錶。

朱昇海收回眼，拉著機車龍頭，跨上座，騎走了。

這狀況深深烙印在他腦海中，原本，朱昇海跟陳義銘相處不是很好，每次，看到陳義銘，他總不覺要想起這幕，連帶他也愈來愈不喜歡陳義銘，甚至可說討厭。

「你看到那個男人的臉嗎？」歐陽鳳忙問道。

「沒有。我只看到，這個人身材高壯，相當魁梧。」

「那……你們有聽陳義銘提起過，他這個朋友？」

不說朱昇海，連李老闆、大朱也不曾聽過陳義銘有這樣的朋友。

歐陽鳳又問了些不相關的問題，才離開了。

◆

雖然資訊有限，但足夠讓歐陽鳳振起信心了。

回到局裡，她跟康少勤談起朱昇海所敘，康少勤聽得瞪大眼：

「嘿！真的讓人意料之外！可見這嫌犯，腦袋挺靈光的喔！哼！男扮女裝，難怪，老子過濾了這麼久，就是沒辦法找到人。」

歐陽鳳沉思著。

「組長，我差點以為，這個女人不是人！」

歐陽鳳忽然笑了。

「真的！芳芳說的活龍活現，又看到她家的水漬，我都快相信她遇到了鬼。」

「別迷信了。」

「組長，現在呢？我們該如何下手？」

「你還是照你的工作進度去做。我趕回來告訴你，就是希望你轉個方向，除了尋找長髮女人，別忽略了男人。」

康少勤點點頭，歐陽鳳轉身，又待出去。

「組長，妳去哪？」

「我們分頭找比較快。我再去詢問劉雪兒、蔡佳珍，或許她爸爸認識這個男人。」

不一會，歐陽鳳來到蔡佳珍家，剛好她爸爸也在。歐陽鳳先客套一番，就拿出列印紙，遞給兩父女看。

蔡老先生看了老半天，略偏著頭，說：

「以我在地方上所認識的人裡面，並沒有這個女人的印象哩。」

蔡佳珍也點頭：

「組長，上次我也跟妳說過了，我們真的不認識。」

「如果這個人不是女人呢？」

蔡佳珍父女雙雙瞪圓眼，蔡老先生道：

「組長，妳的意思是？」

「我的意思是，假如這個女人是男扮女裝的話呢？」

聞言，蔡老先生拿起列印紙，放在眼前，更仔細的看著。就連蔡佳珍也湊近前看。

最後，兩父女一齊搖頭。

「這種身材的男人，應該不多，如果看一眼，會讓人留下深刻印象。」蔡老先生晃著頭：「我可以確定，沒見過此人。」

蔡佳珍也點頭，聲稱絕沒見過這個人。歐陽鳳只好辭出蔡家。

回到局裡，歐陽鳳翻閱著記事本，鉅細靡遺的看著所記錄的每個重點、必須注意的各個小細節，她一面看、一面整頓著思緒。

康少勤剛結束一個段落，泡了杯咖啡，一面喝，一面走出來，看到歐陽鳳，有點吃驚：

「組長，妳怎會在這兒？」

「嗯。蔡家父女都不認識這個人。」

「劉雪兒那裡呢？」

「我還沒去。」歐陽鳳攏聚眉峰，慢慢地說：「之前，我都只打電話問死者的朋友，我在想，是不是要跑一趟？」

「去嘉義？台南嗎？」

「嗯！電話裡說不清楚，能親自跑一趟，或許比較好。」

「組長以為問死者朋友，就會有消息嗎？」

「我是想，死者的心事，沒向公司的人透漏，卻反而告訴朋友：還有，死者許多連妹妹都不知道的事，也會向朋友說，可見，死者的朋友比較了解他，或許他的朋友會認識錄影帶裡的人。」

歐陽鳳分析的有理，康少勤無言的呷了口咖啡，他忽然想到……忙問道：

「組長，妳要不要來杯咖啡？」

「不，謝了。」

說著，歐陽鳳闔上記事本，站起身，說：

「明天一大早，我直接去台南、嘉義。你盡量過濾手邊的工作，我手機會開一整天。你一有消息，馬上跟我聯繫。」

「是！組長。」

◆

許立財正拿著一支螺絲起子，看到歐陽鳳，忙放下器具，立刻把她請入裡面。

小小會客室，依然堆滿雜物，顯得空間依舊狹小。

許太太泡三杯咖啡，端上來。

「抱歉，又來打擾。」

「不不不，組長大人，別這樣說。」許立財端起咖啡：「組長，請。」

「今天客人比較少。立財有空，可以跟您多聊聊。」許太太說著，也坐下來。

「謝謝。」

空間不大，三個人座位，顯得侷促了些。

「現在，沒有再發生什麼怪事了吧？」

許立財點頭：

「不過，我還是不敢去釣魚。怕怕的。」

歐陽鳳笑了笑，喝口咖啡，稱讚咖啡好喝，很快導入主題：

「你們跟陳義銘很熟，一定知道他的事吧？」

「嗯，知道一些。」

「你們知道劉雪兒？」

許立財夫婦對望一眼，雙雙頷首。

「見過她嗎？」

點頭後，許太太說：

「我們去釣魚之前，三月份下旬去找過義銘，就見過雪兒。」

「妳覺得他們兩人相處如何？」

許太太看一眼立財，歪一下頭：

「我眼拙，沒注意許多。」

「依我看，還好。」

「怎麼說？」歐陽鳳立刻提起精神，專注看著許立財。

「我不太會說話，只是憑感覺啦。」

「沒關係，請你說下去。」

「我看他們兩人是不錯，可就是好像少了點什麼……」

許太太接口說：

「熱絡，兩人說話很客氣，我那時想，也許是他們認識沒多久吧。」

歐陽鳳翻起記事本，上面記載著：雪兒跟義銘認識兩個多月。

「也不一定。」許立財說：「我認識妳不到半個月，我們幾乎天天見面。」

一句話，說得許太太的胖臉微紅。

「這樣說起來，好像陳義銘這個人對誰都很疏離？好像感情都很淡？」

「嘿！組長說的好像對喔！」許立財思索著，說：「阿銘跟前任未婚妻，好像也很冷淡。」

「噯，人都走了，幹嘛說他的是非？」許太太接口說。

「錯了！我們不是說他的是非，」歐陽鳳立刻說：「我們在釐清他的事情，妳們這是在幫他。」

許太太臉上浮現懷疑神色。

「如果他真的是被害死的話，你們是替他申冤。我想，他會很感激你們。」

「可是阿銘是被鬼弄死的，不是嗎？」許立財問道。

「請問，如果陳義銘被鬼弄死的話，他家裡為什麼會出現許多怪異事件？」

接著，歐陽鳳約略說出，陳芳芳在家中，遇到的許多恐怖情形，甚至被入侵。

接著，歐陽鳳從公事包裡，拿出列印紙，說：

「請兩位看看，是不是認識這個人？」

許立財夫婦仔細辨認著，許久後，一致搖頭。

「這個人是不是小偷？或是芳芳跟人結怨？」許立財說。

「不是。我們經過多次探詢、查證，最後裝設監視器才發現這個人，而且這個人入侵了好幾次。」

許立財夫婦臉上出現意外表情。

「兩位是否聽說過，陳義銘有這樣的朋友？男的朋友呢？這個人有可能是男扮女裝。」

聽了，許立財夫婦更認真地死盯著紙，最後，還是搖頭了。

辭別許家，歐陽鳳馬不停蹄地往王清家去。

◆

王清家客廳，一樣的擺設：當中一個大神桌，神桌上，有神像、案上都是法器：引磬、鈴鐺、搖鼓、桃木劍、幾本符咒書等。

「抱歉，又來打擾你們。」

「不要客氣，組長，請坐。」王清說。

不一會，王太太端兩杯茶過來。

歐陽鳳直接導入主題，約略說起陳義銘家數度被人入侵，意圖卻不明。

「唉唷！怎麼會有這樣的人，人都走了還來找麻煩？」王太太說。

「怎麼會發生這種事？」王清忽然瞪大眼，放低聲音：「組長，會不會是『鬼』侵入他家？」

王太太滿臉懼色，輕輕一點頭。

歐陽鳳差點失笑：

「請問你，如果是鬼的話，監視器照得到嗎？」

「這個……」

接著，歐陽鳳拿出列印紙，說：

「請問，你們認識這個人嗎？」

「女生？」

「也有可能是男的。男扮女裝。」

「沒看過。完全沒有印象！」

「有沒有聽陳義銘提起過，他有這麼個朋友？」

「嗯……」王清和王太太對望一眼，想了好一會，雙雙搖頭。

歐陽鳳最後一絲希望落空了，整顆心，沉入谷底。

雙方沉默了好一會，歐陽鳳就她剛剛在路上所想到的事情，探詢似問道：

「我從許多人口中，知悉陳義銘這個人，好像對誰都很薄情喔？」

「耶，我認識他以來倒沒想到這許多，只覺得他這個人不難相處。也對啦！組長剛剛說得沒錯，阿銘這個人……」

王清皺著眉頭，繼續往下接話：

「說好聽，他很隨和，要說難聽呢，他好像對誰都……」

「很淡漠？尤其是對女人！」歐陽鳳接續著說。

王清夫婦雙雙抬眼，略顯訝異的看著歐陽鳳。

「不是只有你們這樣覺得，我問過其他人，大家的看法，八、九不離十。」

「組長，您這樣講，我才敢說一件事。」王太太輕聲說道。

歐陽鳳和王清，同時凝眼看著王太太。顯然，王清也相當意外——他妻子有事瞞著他？

「幾年前，阿銘先認識我先生，後來，我看到阿銘很老實，說話、舉止很文雅，就私底下跟他說，想介紹我小姑給他認識。」

王太太口中的小姑，正是王清最小的妹妹。

王清截口，似生氣、又不滿地說：

「齁！妳這個女人，竟然瞞著我。」不過，他立刻轉口，向歐陽鳳嘻笑著說：「不瞞組長，其實，我也早有這個打算。」

「原來，你們夫妻兩，心有靈犀一點通呀！」歐陽鳳淡然笑道：「後來呢？」

王太太撇嘴：

「誰知道阿銘一口拒絕了。其實，他也看過我小姑。不是我誇口，您別看阿清長這樣，我小姑很漂亮的呢！」

王清一張瘦臉變了色，溜一眼歐陽鳳，強自隱忍住。

歐陽鳳差點失笑，她也勉強壓抑，問道：

「陳義銘拒絕的理由呢？」

「不知道。他什麼都沒說。」

「我也對阿銘感到不解。他好像不熱衷於女孩子。」說著，王清搖搖頭。

既然探聽不出列紙上的人，歐陽鳳只好早早辭別王家。

一路上，她的思緒不斷。

由許多人口中，她能下結論：陳義銘這個人，顯然很薄情。

但不知道，他是天生涼薄？還是小時候，父母雙亡的原因？還是有其他什麼因素？

第九章

傍晚六點整。

和陳芳芳連絡過，歐陽鳳和康少勤很快趕到陳家來。

「組長，妳怎麼突然急著要找芳芳？」康少勤不解地問。

深吸口氣，歐陽鳳沉凝說道：

「到了我會說明。」

康少勤只好把全部疑團，暫擱在肚子裡。

按開大門門鈴，芳芳早就等候在家裡，她接到歐陽鳳電話，提早下班。

客廳還是一片狼藉，顯然芳芳尚未整理，她不好意思的說：

「抱歉，沒空整理。我準備週休兩天再整理。」

歐陽鳳犀利眼光，往整座客廳橫掃一眼：

「沒關係。妳鑰匙換過了？」

「嗯！前天晚上，鎖匠來換過了。」

「這樣就安全了！」康少勤接口，滿意的東張西望。

「未必。」歐陽鳳道：「這就是我急著來此的目的。」

康少勤和芳芳，同時傻眼：前者是不解神色；後者是害怕神情。

只聽歐陽鳳接著說：

「兇嫌再次入侵的那天，我就想到，她到底在找什麼東西？我猜，如果她沒找到她要的東西，一定還會再來。就算妳換過鑰匙，她還是可以進來！」

聞言，芳芳臉都白了，緊抓住自己胸口。

「這樣一來，陳小姐不是危險了？」康少勤吃驚的說。

「所以，我們必須加快腳步，趕快揪出兇嫌。」

康少勤點頭，卻有霧茫茫之感，到此來就能找出兇嫌？如果這樣，之前數度來陳家為何還是沒有線索？

想歸想，康少勤不敢開口，就等歐陽鳳示下。

歐陽鳳當先走進死者房中，掃一眼亂成一團的室內，她把狹小的斗室，劃分成一半，嚴冷著俏臉，向康少勤說：

「喏！你那邊，我這邊。拿出我們一慣作風，就算鑿開牆壁、挖空地板，也要找個水落石出。」

歐陽鳳鮮少這麼嚴肅，康少勤不敢怠慢，大聲回：「是！組長。」

於是，戴上手套，兩人開始忙碌起來。

歐陽鳳抱著試試看的心態，能不能找到兇嫌要的東西，她也沒把握。

芳芳只有觀看的份，不過，從沒見過這陣仗，她看得目瞪口呆。

只見兩人，除了細細翻找所有的物品，包括書桌、床邊小几抽屜、五斗櫃每個抽屜，或暗格，連牆上、天花板、以至地板，不斷的敲敲打打。

足足找了兩個多鐘頭，還是一無所獲，連芳芳都看得過意不去，弄來兩杯冷飲。

康少勤疲累而灰心，他抹一下額頭，說：

「組長，是不是嫌犯把東西帶走了？」

歐陽鳳則立定在房門口，一對眼芒，冷犀又銳利地，再次掃過小小的房間，她不信，不信這麼小的斗室，完全找不到。

「如果嫌犯找到東西，她不可能會再次入侵……」歐陽鳳蹙緊眉心，忽然，她眼光一轉，道：「對了！床！」

康少勤扭頭看她，說道：

「組長，我剛才查過床底下，是空的。」

這種簡單的床，床底下沒有抽屜，只有一張長木板，加四隻腳，上面再置放彈簧床。

歐陽鳳走向床首，示意康少勤幫忙，抬起床墊。

床墊下面，是長木板，就在床木板的邊緣，有一道閃著亮光的小小東西！

「小心，不要破壞了上面的手紋。」歐陽鳳說。

「呃！我的天！」康少勤伸手，小心掂起閃著亮光的東西：「是一條項鍊！」

芳芳聽到了，連忙趕過來。

把床墊放回原狀，康少勤大聲說：

「組長！妳也太神了！」

「哪是啊！剛好讓我們找到。」歐陽鳳心裡驚喜，可是口吻卻很不經意。

其實，她是根據那卷錄影帶，到後來，女人一面翻找一面憤恨的亂甩東西。

那就是客廳會亂成一團的緣故。最後，女人抓起桌上一只杯子，想丟，竟然又放了下來。

歐陽鳳根據這個影像，有了以下兩個認定：

首先，女人尚未找到她要的東西，才會亂甩東西。

其次，她把想丟的杯子又放了下來，可以認為，她還會繼續再來。

「好亮，看來是很貴重的金屬喔！」

「先別下定論。搞不好，只是一條沒有用的東西。」歐陽鳳接過項鍊。

「是項鍊啊？」芳芳趨前看著。

「看過這東西嗎？是妳哥哥的嗎？」

歐陽鳳問著，將項鍊遞前，項鍊在芳芳眼前，一閃、一閃的。

看了老半天，芳芳搖頭，她從沒看過這條項鍊。

「哇塞！妳哥哥太會藏東西了，居然藏在床墊頂端下面，很容易讓人忽略掉。」

「搞不好，是掉落到床墊下，不是故意藏在那裡。」歐陽鳳說。

反正，陳義銘也無法回答這問題。

三個人退出房外，就在客廳桌子邊，歐陽鳳拿出箱子，小心把項鍊攤開，掏出隨身攜帶的筆型小手電筒，仔細檢視著。

項鍊是白金合成，相當晶亮，是義大利製品，手工很精細、美觀，墜子是兩顆星星重疊著，歐陽鳳將墜子翻轉過來，入眼之下，她不覺叫出聲：

「啊！」

「組長！怎樣了？」

「你過來看看。」

康少勤湊近頭來，一面盯視著、一面忘形的出口，唸著：

「黃……東……山……」

「這是什麼呀？」芳芳皺起眉頭，不解地開口。

歐陽鳳一副胸有成竹，清冷眼眸，透出智慧般亮芒。

康少勤抬起頭，瞪大雙眼，反望著歐陽鳳，滿臉不可思議得發著愣。

「組長！鑑識出來了。」康少勤拿著一疊公文，踏入辦公室，揚聲道。

陷入沉思中的歐陽鳳，乍醒似的回頭。

康少勤把公文遞到她面前，翻開來，指著上面說：

「這是上次，白天潛進來的歹徒的手紋。另外這個，是項鍊上的手紋。」

「咦？兩個手紋，不相同。」

「是！我請鑑識組的人比對一下，項鍊上的手紋，跟死者一樣。」

「坐吧。」

康少勤坐了下來，臉上不再如之前的毫無生氣，而是充滿了幹勁。

「喔！所以，我們可以假設，歹徒數度入侵，就是想找東西，而這東西——假設是這條項鍊。那，歹徒的目的是什麼？」

康少勤靜靜的聽著，歐陽鳳忽然抬頭看他，問：

「你覺得呢？」

康少勤坐正些，說：

「這條項鍊價值不高。所以，我想歹徒的目的應該不是純為了偷竊，或許他有其他的作用！」

「嗯，說的好！」歐陽鳳嘉許的又問：「為什麼歹徒三番兩次侵入陳家？」

「想找東西——就是這條項鍊？」

「不！也許不只是這條項鍊。我們不能驟下斷語。或許，歹徒還有其他目的。項鍊，只能當作假設之一。」

「是！」康少勤點頭。

這段日子以來，他已經感受到歐陽鳳，果然有過人之處。他不敢再輕視眼前這個年紀比他小，長得又一副嬌美的上司！

「組長，現在呢？我們該怎麼做？」

「我要問你，上次你不是去訪問過這個人？黃東山？」

「是啊！」

「可以再說一遍，你跟他訪談的情形？」

「是！」

其實，上次他已經向歐陽鳳報告過，只是，為了慎重起見，康少勤更詳細說起上回訪談黃東山的細節。

歐陽鳳太信任康少勤，因此，上次康少勤去查詢黃東山的過程，她並沒有記錄，這次，她一面聽，一面記到記事本上。

康少勤說完，拿起茶杯，喝口茶，歐陽鳳徐徐說：

「記得上回，你很肯定說這個人沒有嫌疑？」

康少勤搔搔頭，笑得心虛。

「所以，我說過不可妄下斷語，也不能放掉任何線索，即使是蛛絲馬跡。」

康少勤點頭，忽然想起什麼似：

「對了，組長，我覺得錄影帶裡那個女人，她的身材倒可以跟黃東山媲美。」

「你怎麼不說，她就是黃東山？」

「啊！」回想著，康少勤訝然說：「組長，妳的意思是……男、男扮女裝？」

歐陽鳳不語。這會，康少勤更欽佩歐陽鳳了。

沉默了一會，康少勤巴結似的：

「組長，我從妳那學到很多。請問現在呢？我去申請搜索票？」

歐陽鳳搖頭，淡然說道：

「不必。」

「咦？組長，咱們辛苦了這麼久，好不容易找到歹徒了，為何不快點逮住他？」

歐陽鳳闔上公文，輕聲說：

「我們證據尚未很充分，你想，貿然去找他，他會承認嗎？反而會打草驚蛇。還有，以目前來說，他也只算是嫌疑犯而已。」

「呃！」

康少勤恍然大悟，比起來，他還差歐陽鳳一大截喔！

想到此，他唯有靜靜等待歐陽鳳下達命令了！

到了「安達貨運行」門前，康少勤直接走進去。

一位先生低著頭，坐在辦公桌，聽到腳步聲，抬起頭。

「王品順，王老闆？」

「是！您是？」

「我上次來過。我是刑大偵三隊探員——康少勤。」

「啊——有有，我想起來了。來來，請坐、請坐。」

王品順把康少勤請進一旁的沙發，同時倒了杯水，才落座到康少勤對面的沙發。

「謝謝。咦？員工們呢？」

「呃！都出車去了。」

「黃東山也出車？他跑哪條路線？」

「中部。康探員找他？」

「嗯！上次請問過他，這次想再請教他幾個問題。」

「喔！他卸完貨再回來，可能要到傍晚了。」

「沒關係。請問你也可以。」康少勤掏出記事本，問：「黃東山在你這裡多久了？」

「大約有四年多，快五年了。」

「他結婚了？有小孩嗎？他這個人平常工作怎樣？」

王品順一一回答道：

黃東山，尚未結婚，沒有小孩。平常工作還好。他們如果跑兩天以上的車程，通常都會休息一天，可是，如果員工不願意休息，會算加班。

月底還有獎金，黃東山身體狀況還可以，所以他很努力，在員工裡面就屬他賺的錢最多。

「他快四十了，賺的錢也夠養家，怎麼還不結婚？」

「呃，這個……」王品順吞吞吐吐地。

「基於辦案所需，王老闆，請你務必詳實說出來。」

「是。您也知道，跑車的人，沒機會認識女孩子，加上他個性內向。」

「喔？」

「您別看他體型壯碩，粗枝大葉，看到女孩子，都不會說話了。」

「嗯，他的家人呢？」

「他老家在桃園。只有他一個人，租住在這裡。需要地址嗎？」

想了想，康少勤點頭：「好啊！」

王品順走到辦公桌，拉開抽屜，拿出一本厚厚的員工總冊，康少勤抄錄下來，又問道：

「我之前聽他說認識個女孩子，叫劉雪兒？你知道不？」

「有，但不是很清楚。我聽其他員工說的，好像很快就分手了。」

「你知道原因嗎？」

王品順搖頭。

「看到女人不會說話，那麼，他跟男人相處不錯嘍？」康少勤技巧地問。

「我不太清楚他的狀況，畢竟員工有他私人的空間。」

康少勤看到辦公桌與沙發之間，有一座三列容量略大的保險櫃，每列有三個，上面各自標上姓名，黃東山名字也在其中一個櫃子上。

「這個櫃子是？」

「喔！是給員工方便的收藏櫃。」

「有備份鑰匙嗎？方便讓我參觀一下黃東山的櫃子？」

「如果是一般人，當然不允許，連我身為老闆，也無權亂開他們的保險櫃。」王品順笑笑，說：「不過，您不同哩！」

道過謝，接過王品順鑰匙，康少勤小心翼翼的打開，裡面深處有擠成一堆的衣服，其中有一件，讓康少勤感到相當眼熟。他拿出手機拍了下來，接著，櫃子淺處有一只馬克杯，應該是用來喝水的，康少勤拿出早預備了的器具，細心採下馬克杯上幾枚指紋。

關上保險櫃，鎖上，康少勤把鑰匙還給王品順。

接著，康少勤向王品順要來一份這個月黃東山的出車日期紀錄表。

「請問，東山的車子是發生什麼狀況？」王品順問道。

最怕的是員工惹麻煩。例如與他車擦撞、或撞倒人，駕車逃逸，加上剛才，王品順看到康少勤查看櫃子、採指紋的動作，讓王品順有疑惑。

「我不知道。」康少勤故意放團煙幕彈，說：「上級這樣交代，我們就這樣辦嘍。」

「還是他有什麼其他問題？」

「沒有。有問題早就把他給拘提了。就先這樣了。非常謝謝你，王老闆。再會！」

與劉雪兒約定好去她的住處後，歐陽鳳不禁暗罵一聲：笨！

因為她找過所有陳義銘的相關友人、同事，單單就漏掉劉雪兒。

如果早知會劉雪兒，她應該會認出黃東山，或許不必白繞這麼大一圈。

但是，再回想過來，也未必！

如果，劉雪兒跟黃東山聯手串通呢？心思細密的歐陽鳳，正面想、反面想、側面想、粗細想，總之，各種各式狀況，都有可能發生！

「組長，您有眉目了嗎？」一見面，劉雪兒迫不及待的問。

歐陽鳳輕搖頭，犀利眼光，緊盯著劉雪兒，想看出她有幾分真誠。

呼口大氣，劉雪兒皺起眉頭，垂下眼。

「妳不要擔心，也許很快，就可以查清楚了。」

「啊！真的，那太好了。」

「不過，死亡報告上說陳義銘是『心臟麻痺』。通常這種狀況，應該不會有兇手。」

劉雪兒張大雙眼，滿臉不可置信地。

「妳想，他都沒有致死的外傷、致命傷，哪來的兇手？」

聞言，劉雪兒整個人都愣怔住。

歐陽鳳收回眼光，口氣遲疑說：

「不過……」

「怎樣？」劉雪兒睜圓眼，滿臉期待。

「奇怪的是，陳家遭人侵入！」

「啊！真有這種事？」劉雪兒掩住嘴：「太可怕了！是誰？抓到了嗎？」

歐陽鳳搖頭。

「侵入陳家想幹嘛？是小偷嗎？」

「不知道！」

劉雪兒倒滿臉關心又認真地：

「那，芳芳呢？有沒有受傷？她要不要緊啊？」

「還好。」劉雪兒不像作假，歐陽鳳轉口問：「對了，問妳一件事。」

劉雪兒點點頭。

「妳之前給我黃東山的地址，記不記得？」歐陽鳳掏出記事本，翻開來。

「記得。」接著，劉雪兒說出地址。

劉雪兒報出的地址，跟歐陽鳳記載的一樣，但是，卻跟康少勤向王品順抄來的地址不同。歐陽鳳對照著。

「不一樣嗎？」劉雪兒說：「是不是他又搬家了？」

「他常搬家嗎？」

劉雪兒搖頭，說：

「我不知道。我跟他認識沒多久，就遇見了義銘，比起來，義銘比他好。所以我懷疑黃東山挾怨報復，找上陳義銘。」

「他們兩個人，以前認識嗎？」

「應該不認識。我只跟黃東山說我想分手。」劉雪兒的話，跟之前說的一樣。

點點頭，歐陽鳳起身，在小小客廳繞著：

「妳家，除了妳，還有誰住一起？」

「我爸媽，我，還有我弟弟一起住。所以，這裡有三個房間。」

「我可以參觀一下嗎？」

「當然可以。只是滿亂的，沒有整理。」說著，劉雪兒起身，在前面引導。

小客廳右邊是一道走廊，兩人進入走廊，第一間是她父母房間，第二間才是劉雪兒住的。歐陽鳳一面聽她解釋、一面走、一面眼神犀利的巡峻著，她在找——藥包。

以姑且一試的心態，看能否找到陳義銘的藥包。

看過廚房、廁浴，又轉回客廳。

「只有妳跟父母住一起？」

「還有我弟弟。我哥哥結婚，搬出去住。我兄嫂跟我父母不合。」

家庭私事不宜多問，歐陽鳳頷首，落座後，她由公事包裡，抽出列印紙，遞給劉雪兒。

「認識這個人嗎？」

劉雪兒仔細看著，驚問道：

「這是什麼？是侵入陳家的小偷？」

「嗯，看得出來，是妳認識的人嗎？」歐陽鳳盯緊劉雪兒臉龐。

劉雪兒一會皺眉、一會沉凝，看了老半天，說：

「我不認識這個女人。不過，這手錶有些眼熟……」

「妳再想想看。也許，對我們辦案，有所幫助。」

放下列印紙，劉雪兒繼續傷腦筋。

「我肯定不認識這個女人，沒有這麼魁梧的朋友。」

「這隻手錶，妳很熟？」歐陽鳳有意引導地說：「妳有沒有覺得，這隻錶不像是女錶。」

果然，劉雪兒腦筋一轉，眼睛突然一亮：

「男錶？啊！我想起來了！」

「誰？」

「黃東山！」劉雪兒抓起列印紙，低呼著：「是他！怪不得我會這麼眼熟！」

◆

「組長！鑑識指紋報告出來了！」康少勤拿出兩份文件，送到歐陽鳳面前。

歐陽鳳接過來，逐一瀏覽。

兩份文件，一份是陳義銘的指紋鑑識，另一份是……

康少勤興味十足地望著歐陽鳳，眼望文件，歐陽鳳問道：

「這個確定是……」

「是！確定是黃東山。這個是之前我們在陳家，您讓我採的幾枚指紋，那時候，還不能確定是誰，但是跟陳義銘的不符。」康少勤指著公文，接著又指著旁邊一個指紋，繼續說：「喏！這個是最新的，昨天，我去『安達貨運行』，採集到的黃東山的指紋！」

接著，康少勤說起那時的情況，最後，拿出一份紀錄表，說：

「這個是我向王老闆要來的，黃東山的出車日期紀錄表。」

歐陽鳳接過來，看著，一面點頭。康少勤心裡可得意了，他以為自己總算做對了一件大事。

「做得很好。」歐陽鳳嘉許的點頭。

「組長，妳過獎了。嘿嘿，我認為既然走了一趟『安達貨運行』，總不能空手而歸。」

歐陽鳳頷首，接口說：

「我只擔心，這樣一來，黃東山有了警戒心……」

「啊！難道，他會跑了不成？」

「這就不知道了。」歐陽鳳說：「不過，你做得很好。」

康少勤被她一褒、一損，只露出楞怔表情。

只見歐陽鳳指著出車紀錄表，說：

「這個，四月五日，週三，他休假，沒有出車。那麼，這一天他的行蹤呢？這個一定要查出來。」

「啊？我沒有問王老闆哩。」康少勤搔搔頭：「這天是？」

「這一天晚上八點左右，有人去找死者。這個人是誰？我清查過了，找不出是誰。」

康少勤沉默著，歐陽鳳拿著筆，在出車紀錄表上的四月五日勾勒著，一面說：

「我去劉雪兒家裡尋找過，沒有看到陳義銘的藥包，也許被丟掉了。雖然，以劉雪兒的狀況看來，似乎跟黃東山並無串聯。不過，我們還是不能輕忽。」

康少勤點頭。

「依她的說法，她跟黃東山最後一次見面是在三月底，她斷然跟黃東山提出分手。但是，黃東山還持續打電話給她企圖挽回。因此可以假設，四月初左右黃東山跟劉雪兒聯絡過。然後……」

康少勤睜大雙眼，仔細聽著。

歐陽望著出車紀錄表，繼續說：

「四月初這幾天，也就是死者釣魚回來後，這個禮拜，他們兩人跟陳義銘之間，有什麼瓜葛；或是，劉雪兒連同黃東山去找死者。」

「嗯，有可能。」康少勤接口說。

「不過，劉雪兒說，週三晚上，她六點跟死者通過電話，然後整個晚上，她都在家陪她媽媽。」

一面抽出一張紙，歐陽鳳一面在紙上畫著，又接口說道：

「也許她媽媽能替她做偽證，我們假設，這一點她說的是真話，那她能撥電話給黃東山，黃東山可以在八點左右，去按死者門鈴。對不對？」

「我不明白，黃東山去找死者幹嘛？」康少勤終於發問道：「死者是在週五晚上去世，週三那天，死者似乎還沒發生事情，不是嗎？」

「重點在這裡，週三那晚，誰去找死者？找死者幹嘛？」

康少勤也陷入沉思中。

歐陽鳳翻開HB200135公文檔，看著裡面的資料，一面繼續說：

「記得嗎？醫生說過，死者心律不整，睡眠很重要。如果睡得不好，會引起胸悶、心絞痛、全身無力。不能過度緊張，尤其是不要受到驚嚇。」

康少勤猛點頭，因為是他去查訪醫生，所以，他記得很清楚，接口說：

「嘿！我想到了，如果，週三那晚，死者發生什麼事，而引發病情嚴重，就可能……發生致死現象。」

「沒錯！所以，我覺得週三晚上，到底是誰去找死者，這一點，我們務必要查出來。」

「了解！」

討論告一段落，兩人沉默好一會，歐陽鳳才又開口：

「另外，你還查到什麼嗎？」

想了一下，康少勤忽然說道：

「啊！還有這個。」

說著，他掏出手機，打開，出現他在「安達貨運行」拍攝下來的畫面，遞給歐陽鳳看，說：

「組長，這個，我老覺得這件衣服很眼熟。」

手機畫面上，是黃東山的保險櫃，櫃子內一只馬克杯，稍裡面是一件捲成一團的衣服，雖然不是很清晰，卻可以看得出，是一件絨質料、英格蘭款式，黑色條紋間隔出紅、藍格子的襯衫。

歐陽鳳入目之下，微現訝然表情：

「沒錯！我們在陳家搜索時，看到過的。」

「啊呀！我記起來了。」康少勤忽然揚聲，說道：「在死者房內，五斗櫃內，露出的一角衣服，嘿！怪不得，我看到這件衣服，覺得很眼熟。」

歐陽鳳翻著公文檔，拿出裡面夾住的一疊照片，翻出死者房中的照片，略一比對後，交給康少勤。

康少勤比對、審視著，同時，臉上露出恍然表情！

第十章

ＨＢ２００１３５案，由稍早的判定「自然死亡」，忙亂了一段時日，數度還認為證據不足，無法繼續再查下去。

直到現在，露出了一線曙光，怎不叫人興奮莫名？

尤其是康少勤，幾次跟歐陽鳳抬槓，認為不需要浪費人力、時間，在這樁不起眼的案件上，哪知……

而今，兇嫌呼之欲出了，康少勤更是緊張，尤其是，他極力參與（其實是受到上司歐陽鳳的壓力）、奔走，更有成就感。

昨天跟歐陽鳳討論過，今天一大早，他立刻前往「安達貨運行」，恨不得馬上逮住黃東山。

王品順跟三位員工，正在討論出車班次、安排工作。黃東山赫然在內。

「啊！長官您好。」

王品順客氣地把康少勤請到一旁沙發落座，一位稍瘦一點的員工，倒杯開水，送到沙發前小桌上。

「不好意思，我在安排工作。」王品順說。

「我該抱歉，打擾你們了。」
「我安排妥當，再跟您談。」
「不，不忙。我今天想跟黃東山，黃先生談談。」
王品順招手，讓黃東山落座到康少勤對面沙發上，再轉身跟另兩位員工談話。
黃東山黝黑臉龐上，習慣性露出靦腆笑容：
「康探員今天怎麼有空？」
「想請教你幾個問題。」
「呃！早上，王老闆跟我提起，您昨天來過？」
「嗯哼。」康少勤翻著手邊資料袋。
「我是優良駕駛，您放心，車子沒有發生任何問題。」
康少勤心中暗笑，想到：
還好，昨天沒有向王品順露出口風。
康少勤頷首，看著王東山的手腕：
「咦？你的手錶呢？」
「喔，很久沒戴了。」
康少勤看一眼他的手腕。
他膚色黝黑，右手手腕上，有一圈顏色比較淡的痕跡，分明就是長戴過什麼的證據，由此可知，他說謊！

被這樣盯視著，黃東山面孔上還是笑著，但他輕輕地放下手。

「為什麼？」

「啊！錶壞了。」

「所以送修了？」

康少勤盡問些無關緊要的問題，還故意繞著圈子問，目的是讓他鬆懈。

「嗯！」

「你今天要出車嗎？」

黃東山轉頭，看一眼王品順那裡：

「不知道。看王先生怎麼安排。」

康少勤點點頭，看著手邊資料，突如其來問：

「四月五日，就是週三晚上八點多，你人在哪裡？」

黃東山稍愣，陷入沉思：

「好像……我出車了唷。」

又說謊，康少勤不動聲色，問道：

「你跑哪裡呀？」

「忘了。我很勤勞哩，有空就跑車。」黃東山黝黑臉上略顯暗紅色：「康探員可以問我們王老闆。」

「我知道，員工裡面就數你賺的錢最多、獎金最高。」

「嘻嘻！哪裡。」黃東山抓抓頭。

「賺這麼多錢，為什麼還不結婚？」

「唉！上次跟您提過，我長得不夠帥，幹我們這行的，少有機會認識女孩子。」

「所以，你喜歡男的？」

黃東山微胖的四方臉上，驀地變成醬紅色，支支吾吾地一笑：

「康探員真愛開玩笑。看我這副模樣，不管男生，女生，沒人會喜歡我的啦！」

「你太謙虛了。」康少勤拿出他的出車日期紀錄表，向他一揚：「四月五日，週三那天你休假，沒有出車。為什麼要說謊？」

黃東山歪歪頭，臉上愣愣地想，說道：

「唔，是嗎？太久了，我都忘記了。康探員，這個很重要嗎？」

康少勤深吸口氣，心中升起一股氣：

天呀！看他這麼鎮定，他如果不是太厲害，就是真的太笨！

「當然重要！」康少勤拿出一張資料，說：「你看，這個是你的指紋，另外這枚，是你侵入陳家的指紋，兩枚指紋，一模一樣。」

剎那間，黃東山整張臉都綠了，他瞪大眼——這會，才露出他凶戾的眼芒。

康少勤可不怕他這眼神，他老神在在，滿臉嚴肅地，從資料袋內，抽出一張單子，慎重地說：

「這個，請你簽收一下。」

黃東山乍地收斂起憨笑容，冷冷問著：

「這什麼？」

「給你的，請你簽收吧。」

黃東山臉色鐵青，硬是不肯簽，跟康少勤盧了老半天，王品順走了過來，問是怎回事。

「我們組長有一些疑點，想請黃先生下午三點，到刑警大隊偵三組報到。這張是傳票，請他簽收。」

「喔？東山呀，既然這樣，你就走一趟吧。反正你沒有犯法，也許康探員需要你幫忙，又不會關你！」

「我就是沒犯法，憑什麼要去。」

「既然沒犯法，怕什麼呢？」王品順說：「別擔心工作，我會做妥善安排。我們有一個傍晚的貨，我會安排你出這趟車。」

最後，在王品順的善意勸導下，黃東山勉強簽收了。

踏進陳家，裡面已經整理得差不多，歐陽鳳犀利眼芒，掃一遍客廳，芳芳請她落座到客廳，還端出溫開水。

「上次多虧您幫忙。」芳芳誠懇地說：「還勞煩您多次偵查我哥哥的事件，真不知道如何感激您。」

「別客氣。這是我們該做的。」歐陽鳳問道：「最近怎樣？狀況還好吧？」

芳芳點頭：

「是！好多了。晚上睡覺安心多了。」

「可以請教妳幾個問題嗎？」

「是！儘管問。」

「關於黃東山這個人，妳可以再說清楚一點嗎？」

芳芳點頭，緩緩說：

「事實上，我跟他並不熟悉。幾年前，他來過我家，是我哥哥的朋友。直到一年多前，他來我家次數漸漸頻繁，但也只是一陣子，後來他又銷聲匿跡，我沒有再看到過他。」

「嗯？是不是他來找妳哥哥時，妳剛好不在？」

「啊！也有可能。」芳芳仰首：「我哥哥交他的朋友，我交我的朋友。我們兩向來各行其事。」

「所以，如果他跟妳哥哥很熟識，不見得妳就跟他很熟？」

「對對對，就是這樣。」

「問題是，妳哥哥怎麼會有刻著他名字的項鍊？」

芳芳搖頭。

歐陽鳳盯著芳芳，又問：

「妳哥哥的藥放在哪？知不知道？」

「組長說的是什麼藥？」

「我找了幾次都沒看到，只好直接問妳了。就是血栓溶解劑，還有安眠藥？」

「沒有，我沒看到。」

「或是妳丟掉了？」

「不！不可能。丟掉的話，我一定會有印象。自我哥哥亡故後，他的房間，我都沒動過。」芳芳低下聲來：「他的房間被人翻得亂七八糟，不是我……」

歐陽鳳點頭：

「我知道，我只是確認一下而已。」

歐陽鳳覺得有必要搜找這兩種藥物，這可是真確的物證啊。

亦即可以說，盜走藥的人，可能就是兇手！

「妳哥哥抽屜裡面，那一件絨質料、英格蘭款式，黑色條紋間隔出紅、藍格子的襯衫。可以讓我帶回去嗎？」

「只要對案情有所幫助，當然可以。」

說著，芳芳折入陳義銘房間，拿出那件襯衫，遞給歐陽鳳，歐陽鳳剛收妥當，忽然，大門電鈴響起。

是曾國強，芳芳又去廚房倒杯開水，曾國強向歐陽鳳點頭打招呼：

「組長，又遇見您嘍。太好了！」

「請坐。今天來，有何貴幹？」

「請問您兇手抓到了沒？」

歐陽鳳偏著頭，不語。芳芳走出來，遞水杯給曾國強，問：

「曾先生，保險金下來了？」

「嗯，快了。」

「不是說已經送給裏理審核了？」歐陽鳳怪問道。

芳芳轉向歐陽鳳，說道：

「保險公司要我再送一份詳細的申請書。這是第二次送件，我多附一份地檢署楊法醫的死亡證明書。」

歐陽鳳點頭，不出聲，曾國強打開公事包，掏出一疊文件，笑著說：

「這次會比上回更快下文件。這是回條，形式上請妳蓋個章，我再回報給上司，確認過後，保險金會撥到您的存摺。」

「啊！太好了。謝謝您，辛苦您了。」

芳芳進房，拿出印章，在文件上蓋妥，又交給曾國強。

三個人在客廳上，開始閒聊起來，曾國強的重點，依舊離不開詢問案件細節，歐陽鳳略為洩漏一點機密。

不過，因為尚未抓到兇手定案，她也不能透漏太多。

◆

牆上掛鐘，指針慢慢向前走，下午，三點過了，四點了……四點又過了。心中有事，就會感到時間過得特別慢。

歐陽鳳和康少勤，在刑大偵三隊辦公室裡，大眼瞪小眼，光是等待，就整整耗掉了好幾個鐘頭。

已經快六點了，康少勤看一眼牆上的鐘，忍不住開口：

「組長，怎麼辦？」

「我看，他大概不會來了。」

「可惡！」康少勤恨恨地握緊拳頭，朝空中一揮：「我早上應該把他給抓回來。」

歐陽鳳起身，動動身軀，因為真的坐太久了，她看一眼康少勤，口氣反倒輕鬆：

「急什麼？急也沒有用吶！你抓人，也要有正當理由。」

「啥？錄影帶還不夠嗎？」

「雖然錄影帶上有他的手錶作證。可是你去找他時，沒看到他手上的錶。這表示，他已經有了警戒心了。」

「那、那現在呢？」

歐陽鳳深吸口氣，反望著康少勤：

「依你說呢？」

「這個……」康少勤搔搔頭：「我再去『安達貨運行』找王老闆。」

「不必！」

「不然呢？坐以待斃？」

歐陽鳳忽然笑了：

「真不知該怎樣說你。這句形容詞，應該是用在嫌犯身上，他不肯坐以待斃，所以溜掉了。」

康少勤搔搔頭，臉容微變，不好意思地，歪歪嘴巴。

「他不來更好，我們更有理由出手了。」歐陽鳳一雙美眸，閃出犀利、清冷的光芒。

康少勤沒接話，臉上表情一副迫不及待的等她示下。

「別急。」歐陽鳳看出他的意圖，放緩聲調地說：「咱們等吧，明天一大早，再做計議。」

「他要是跑掉了呢？」

「上山下海，我們務必要抓到他。」

看到歐陽鳳這麼篤定，康少勤縱使心急，也只能按耐住。

隔天一大早，康少勤竟然比歐陽鳳早到。表情雖嚴肅，歐陽鳳的心卻很寬慰，這表示康少勤進步很多，以後辦起案件一定會容易多了。

忽然，電話鈴聲響。

康少勤動作很快，馬上接起來：

「喂！刑大偵三隊康探員，你好。」

「康……我、我找歐陽組長……快、快呀！」

「你哪裡？」這樣問著時，康少勤看著歐陽鳳。

歐陽鳳犀冷眼芒，專注的回看著他。

「我……拜託你快點，快……」女人聲音，似乎很緊迫。

康少勤只好把話機遞給歐陽鳳。

「我是歐陽。」

「組、組長，我、被綁架……」

「妳是劉雪兒？妳在哪？」

「我、我在……呀——哇——」

緊接著，話機傳來一陣「鏗鏗鏘鏘」怪聲，然後是被切斷的「嘟嘟……」聲。

歐陽鳳滿臉寒霜，放下話機。

「組長，劉雪兒怎樣？」

「被綁架。」

康少勤眨巴著眼，問：

「黃東山？是黃東山綁架她？」

歐陽鳳不語。康少勤急急又問著：

「她在哪？」

歐陽鳳搖頭，說：

「她被控制住，來不及說。」

康少勤咬牙切齒地，雙掌互擊，發出巨響：

「早知道他會這樣，昨天就該拘提他了。」

歐陽鳳看起來依舊一派淡漠，這讓康少勤很反感，都什麼時候了，她還能如此冷靜、輕鬆？

歐陽鳳轉頭，看著牆壁上的白板好一會，才拿起電話：

「喂！你好。我是XX刑大偵三隊。請問是桃園縣XX分局嗎？請接分局長，謝謝。」

是北部桃園警察局？康少勤圓睜著雙眼，一會，只聽歐陽鳳接口說：

「林分局長？我是歐陽鳳，你好，你好。嫌犯綁架了一位女性，名叫劉雪兒。對對對，就是上次給的地址。」

停頓了好一會，歐陽鳳揚聲，訝然道：

「什麼？真的。啊！好好好。謝謝，再聯絡。」

看著歐陽鳳放下電話機，康少勤眨巴著眼：

「組長，妳可以告訴屬下，剛剛妳跟桃園XX分局……怎麼回事？」

「那天，你不是探查出，黃東山父母住在桃園？」

「對！所以，」康少勤訝然問道：「組長，妳已經佈好線？」

依舊看著牆壁上的白板一會，歐陽鳳才開口，說：

「嗯，我向XX林分局長說出這個地址，這兩天，他派人守候在外面。昨天晚上，很晚了，果然看到嫌犯，拉著個女孩子進屋內。」

「哇呀呀，組長，妳都沒跟屬下講。」

「請你原諒。」歐陽鳳正眼看他：「我這個措施只是備而不用，所以沒向你說明。」

「所以，妳也不知道黃東山會落跑？」

「如果他昨天來報到，今天就不必勞煩分局了。」

「假如黃東山不是逃回老家呢？」康少勤接口問。

「那就只好發出全面通緝令了。事實上，我也無法肯定，他會逃回桃園他老家，那只是佈個線而已，不確定會有用。」

點點頭、撇撇嘴，康少勤無話可說，只是想著——難怪組長這麼鎮定。

「麻煩你一下，開幾張搜索票。謝謝！」

得到指令，康少勤寫好，立刻呈送副局長梁格簽准。

然後，帶著搜索票，他和歐陽鳳一起出發。

兩人先到黃東山舊租屋處，找到屋主，道明來意。

屋主很客氣，拿出鑰匙打開門。

小小套房內已經打掃過，看來很乾淨、整潔，歐陽鳳有點失望，不過，還是跟康少勤詳細檢查房子。

結果一無所獲，兩人退出來，屋主在鎖門時，歐陽鳳問道：

「請問，你打掃屋子時，都沒有垃圾嗎？丟了嗎？」
屋主抓抓臉頰，想了下，疑惑得說：
「有有，裡面有些東西，還可以使用。我還沒丟。大人要垃圾包？」
接著，他領著兩位大人，到屋後的一塊空地角落，屬於黃東山的垃圾共有兩包。
歐陽鳳和康少勤打開、努力翻尋著。
大包內，除了雜物外，赫然有一頂，髮尾呈大波浪、卷曲的假髮。
「哇！太妙了！」康少勤高興的說著，小心拿出假髮。
接著，換檢查小包。
「啊！終於找到了！」歐陽鳳突然低聲叫道。
裡面是一大包藥包，還有，一隻手錶。
康少勤接過來，拿出一看，嚇！錶面是黑色的浪琴錶，正是錄影帶上出現的那隻錶。
大藥包裡面兩小包，一個是安眠藥，另一個是血栓溶解劑。
「檢查看看，藥剩下多少。」歐陽鳳道。
「是！」一面檢查，康少勤一面說：「安眠藥七天份。血栓溶解劑剩五天份。」
收妥，兩人接著到黃東山新租屋處。因為是新搬來，裡面傢俱簡單而少。
歐陽鳳犀利眼睛溜一眼狹窄的房內，打開床邊一張小桌子抽屜，拿出一個錦盒，康少勤湊近來，看著歐陽鳳打開錦盒，掂出一條閃亮的義大利合金項鍊。然後，歐陽鳳轉過兩顆星星重疊的墜子的背面，上面篆刻著：陳義銘。

康少勤看到了，忍不住訝聲說：

「我的天呀！跟死者那一條項鍊一模一樣！」

「只是名字互換！」歐陽鳳冷冷的接著說：「不虛此行。走吧！」

退出屋子，兩人轉往「安達貨運行」。

王品順有點詫異，還是很配合。

據他說，昨天上午黃東山向他請假，不願意出車。然後，他就離開貨運行了。

打開黃東山的保險櫃，歐陽鳳單單要康少勤帶走黃東山那件絨質料、英格蘭款式，黑色條紋間隔出紅、藍格子的襯衫。

康少勤沒有多話，只依令行事。

◆

回到警局，工友向歐陽鳳報告，劉太太撥電話，要找她。

歐陽鳳回撥給劉太太，劉太太在電話中緊張得嗚咽著說，她女兒被綁架，對方要求二十萬跑路費。

「妳別擔心，我們會救她。」

「我哪能不擔心啊！她電話說一半就被搶走，換那個男的，粗聲粗氣……」

「妳認識那個男的嗎？」

「不知道，但是聲音很熟，然後我聽到電話裡面很吵雜，好像有人大喊不要動、還有我女兒的哭泣聲……」說到後來，劉太太放聲哭泣著：「怎麼辦呀？」

「好好，我知道。妳別急，我們會想辦法。」

這時，電話傳來另一個年輕男聲音：

「組長，我是雪兒弟弟，她……」

「你別急，好嗎？一切都在我們掌控中。妳媽媽聽到的吵雜聲，應該是警方人員破門進去救人。我得趕快跟對方聯繫，一有消息，會馬上通知你們，好嗎？」

掛斷話線，歐陽鳳喘了口大氣。

忽然，電話鈴又響，康少勤接起來，說了好一陣子，才放下電話。

他喜形於色，走到歐陽鳳面前，突然來個立正、站好，害歐陽鳳莫名其妙。

「向組長報告，剛才桃園分局撥電話過來，說已經制服嫌犯，正準備押解過來。」

「啊！太好了。劉雪兒呢？她沒事吧？」

「嘿！」康少勤搔搔頭：「抱歉，我忘了問。」

歐陽鳳聳聳肩，又問：

「什麼時候會到？」

「最遲下午兩點之前。」

歐陽鳳點頭，整個人這才放輕鬆說：

「打一通電話給陳芳芳。叫她下午兩點來局裡。」

「叫陳芳芳來？」

「嗯哼！你應該知道，所謂：人證、物證，都須要吧？」

「呃！是！」康少勤笑笑，說：「然後，我們可以好好去吃頓午餐。」

「可以。」

「咦？組長不吃飯嗎？」

「我隨便吃吃。我要整理、預備一些文件。準備下午的工作。」

◆

偵訊室裡面，四周是白色牆壁，中間只有一張桌子，對面各有兩把椅子，黃東山坐著，對面是歐陽鳳。

歐陽鳳右手邊，其實是一面隱形大玻璃窗，陳芳芳和劉雪兒就坐在隱形玻璃窗外，不但可以清楚看到裡面，也聽得到裡面說話聲音。

「我沒有犯法，快打開我的手銬。」黃東山手上掙扎，怒瞪著歐陽鳳。

歐陽鳳一施眼色，角落一名警員走上前，打開黃東山手銬。黃東山舒舒雙手，臉上一派桀敖神色。

「昨天，你為什麼要逃？」

「我回家看望我爸媽，這也犯法嗎？」

「你挾持劉雪兒，勒贖她，不算犯法嗎？」

「她已經沒事了，也沒給我贖金，不構成犯罪，你可以放我走了吧？」黃東山狡辯道。

「可以，只要你供出全部實情，馬上可以放你離開。」

「什麼實情？」

「說出你跟陳義銘的關係，還有，為什麼要害死他？」

「我跟康探員說過，四月七日那天中午，公司派我送貨去台北。連續三天，我都在北部。什麼陳義銘，我不認識他，怎麼會害他。」

「都這時候了，你還是不肯實話實說？」

「我說的都是實話。」黃東山黝黑臉色，依然不馴。

「如果你願意說出實情，也許還能對你特別網開一面。」歐陽鳳臉上一片惋惜表情：「畢竟，陳義銘身上，沒有直接致死之傷……」

「那就對了，沒有人害死他，是他自己。」

歐陽鳳不想跟他浪費口舌，截口問道：

「四月五日，週三晚上，八點半，你在哪裡？」

「我……」支吾了老半天，黃東山一下故作沉思、一會抓頭，始終說不清楚。

「讓我告訴你，你跑去找陳義銘，你到底跟他說了些什麼？」

「我沒有！我說過，根本不認識他。」

歐陽鳳怒極反笑了：

「看來，你不見棺材，不流淚了。」

歐陽鳳拍一下雙手，一會，偵訊室門「喀喀」響了兩下。然後，門開了，陳芳芳跨進來，坐到側面桌前。

歐陽鳳問黃東山道：

「認識她嗎？」

黃東山輕吸口氣，面不改色地，用力一搖頭：

「不認識。」

「黃東山！你不認識我？這話你也敢講？還講得出口？」

一生氣起來，芳芳不自覺地就紅了眼眶，尤其想到眼前這個可惡的人，數度侵入家裡，三番兩次驚嚇她，她更憤恨不已。

吞口口水，黃東山音量略低地：

「嗯，或許以前認識，但是，已經很久不來往，我……忘記了。」

歐陽鳳笑了：

「你記性很差嘛？啊？前幾天，你侵入陳家，翻找東西的事，難道也忘了嗎？要不要我放錄影帶給你看？」

聞言，黃東山黑臉乍然轉暗紫，但只一瞬間，他又恢復了。

芳芳臉頰，掛下兩行淚水，同時，怒聲說：

「你喬裝女生，進我家找東西，還嚇我、潑水漬在我家客廳，可惡極了！我哥哥沒有虧待過你，你為什麼這麼惡劣？」

歐陽鳳手一揮，角落警員上前，扶起芳芳，走出偵訊室。

「說吧！不要浪費你的時間。」

「叫我說什麼啊？憑芳芳那句認識我，就要定我的罪？組長，不是這樣辦案的啦！」

「我可以告訴你，怎麼辦案！除了人證，還要有物證，懂嗎？」歐陽鳳口氣透著冷厲，一字、一句地說。

黃東山滿臉不屑地。

「我剛說過，你能供出實情，也許可以特別網開一面，既然如此……好吧！」

說著，歐陽鳳扭頭，向右邊空白牆壁一揮手。

不一會，康少勤捧著一只深色盤碟，上面蓋住白布，走了進來。

黃東山好奇的瞥了幾眼，最後，兩眼望向天花板，故作一副無關緊要狀。

深色盤碟，放在桌子中間，歐陽鳳伸手，徐徐揭開白布。

「喏！看看這些物證，你有何話可說？」

黃東山調回眼光，看到深色盤碟，黝黑臉驀然變色，但只一下又變回原色，他猛吸口氣，意圖故作鎮定，但雙眼卻定定的望著盤碟。

盤碟上面的物品，共有：

1. 一隻錶面黑色的浪琴錶。

2. 兩條閃著光芒的義大利合金項鍊。

3. 一包大藥袋。

4. 一頂髮尾呈大波浪，卷曲的假髮。

5. 兩件一模一樣的絨質料、英格蘭款式，黑色條紋間隔出紅、藍格子的襯衫。

「這些證物，夠不夠？」歐陽鳳銳利眼芒，盯住黃東山，揚聲道：「如果不夠的話，還有鑑識組的指紋比對，還有錄影帶影像。」

隨著歐陽鳳的話語，黃東山的臉，乍紅乍白地變色不已。最後，歐陽鳳說：

「你還是坦承一切吧！」

到這地步，黃東山知道，證據確切，無法狡賴了！才供出……

他跟陳義銘原來是同志關係，陳義銘很怕他妹妹知道，兩人數度說清楚想分手，陳義銘遂認識了蔡佳珍。黃東山也認識了劉雪兒。

但是，黃東山忘不了陳義銘。加上劉雪兒向他提出分手，他跟蹤劉雪兒，知悉她跟陳義銘在一起，他更忌妒、憤怒。

從劉雪兒身上，黃東山不斷探聽著陳義銘的一舉一動。

四月一日上午，他打電話給劉雪兒，知道了陳義銘釣魚回來，遇到可怕的事件。

在四月三日週三晚上，按陳家電鈴，一進門，他馬上問陳義銘：坐在他家客廳上的老婆婆是誰？

陳義銘當場嚇白臉，絮絮說出釣魚事件，黃東山假裝關心，問他看了醫生沒？又進他房間，趁機摸走藥包，臨走時，又故意裝神弄鬼一番，以至於陳義銘更驚恐，而導致心律跳動更急促。

陳義銘找不到藥包，勉強忍了兩天，第三天終於心臟病發，麻痺致死。

做完筆錄，黃東山被發監，拘禁，等待法官公平的審議。

— End —

謎 01

沒有兇手的兇殺案

作　　者　汎遇
出 版 者　大拓文化事業有限公司
執行編輯　許安遙
封面設計　林鈺恆
內文排版　姚恩涵

總 經 銷　永續圖書有限公司
劃撥帳號　18669219
地　　址　22103 新北市汐止區大同路三段一九十四號九樓之一
TEL （〇二）八六四七—三六六三
FAX （〇二）八六四七—三六六〇
E-mail　yungjiuh@ms45.hinet.net
網　　址　www.foreverbooks.com.tw

CVS代理　美璟文化有限公司
TEL （〇二）二七二三—九九六八
FAX （〇二）二七二三—九六六八

法律顧問　方圓法律事務所　涂成樞律師

出 版 日◇二〇一八年四月

國家圖書館出版品預行編目資料

沒有兇手的兇殺案 / 汎遇著. -- 初版.
-- 新北市 : 大拓文化, 民107.04
面 ;　公分. -- (謎 ; 1)
ISBN 978-986-411-071-1(平裝)

857.7　　107004385

謝謝您購買 沒有兇手的兇殺案 這本書！

即日起，詳細填寫本卡各欄，對折免貼郵票寄回，我們每月將抽出一百名回函讀者寄出精美禮物，並享有生日當月購書優惠！

想知道更多更即時的消息，歡迎加入"永續圖書粉絲團"

您也可以利用以下傳真或是掃描圖檔寄回本公司信箱，謝謝。

傳真電話：（02）8647-3660　　信箱：yungjiuh@ms45.hinet.net

☺ 姓名：　　□男　□女　　□單身　□已婚

☺ 生日：　　□非會員　　□已是會員

☺ E-Mail：　　電話：（　）

☺ 地址：

☺ 學歷：□高中及以下　□專科或大學　□研究所以上　□其他

☺ 職業：□學生　□資訊　□製造　□行銷　□服務　□金融

□傳播　□公教　□軍警　□自由　□家管　□其他

☺ 您購買此書的原因：□書名　□作者　□內容　□封面　□其他

☺ 您購買此書地點：　　金額：

☺ 建議改進：□內容　□封面　□版面設計　□其他

您的建議：

廣 告 回 信
基隆郵局登記證
基隆廣字第 57 號

新北市汐止區大同路三段一九四號九樓之一

大拓文化事業有限公司收

請沿此虛線對折免貼郵票，以膠帶黏貼後寄回，謝謝！